悦读
文库

程应峰
著

做好人生中的每件小事

江西教育出版社
JIANGXI EDUCATION PUBLISHING HOUSE

图书在版编目（ＣＩＰ）数据

做好人生中的每件小事 / 程应峰著. -- 南昌 ：江
西教育出版社， 2016.11（2019.7重印）
（悦读文库）
ISBN 978-7-5392-9120-8

Ⅰ．①做… Ⅱ．①程… Ⅲ．①散文集－中国－当代
Ⅳ．① I267

中国版本图书馆 CIP 数据核字 (2016) 第 274320 号

做好人生中的每件小事
ZUOHAORENSHENGZHONGDEMEIJIANXIAOSHI
程应峰　著

江西教育出版社出版

（南昌市抚河北路 291 号　邮编：330008）
各地新华书店经销
石家庄继文印刷有限公司
720mm×1000mm　16 开本　13 印张
2017 年 3 月第 1 版　2019 年 7 月第 6 次印刷
ISBN 978-7-5392-9120-8
定价：26.00 元

赣教版图书如有印制质量问题，请向我社调换　　电话：0791-86710427
投稿邮箱：JXJYCBS@163.com　　电话：0791-86705643
网址：http://www.jxeph.com

赣版权登字 -02-2016-761

听，春还在

因胃部不适，常常在万籁俱寂的深夜，我不得不下床走动，以求缓解。这样的时分，世界是如此安详宁静。寂静而寂黯的夜色里，透过窗户，还可以看见几星路灯在闪烁，在我看来，这是美丽夜色里不懈不怠的灵魂。

人生总有一些痛苦，生活总有一些不幸，作为食人间烟火走到知天命之年的人，属于我的凡俗的身体，也无法避开尘世的疾病，很长一段时间，我都在这样一种无谓的状况下挣扎着。是的，我只能说是"挣扎"，一种旷日持久的"挣扎"，我相信，任何一个长期在病痛折磨下生活的人，一定拥有和我一样的感受，一种莫可名状的无以言表的心境。因为这样一种挣扎，让我更有机缘从细微处感知生活的进退，感知人情的冷暖，人生的甘苦，生活的不易。我活着，更多的，不是为了自己而活着，而是为了我爱的人我亲的人更好地活着。尽管这样一种挣扎让人体力疲惫，身心憔悴，但我还足以从自身的挣扎中品味生命的意义。

我在寂静的夜色里活动自己的身体，在有限的空间里调整人生的状态。窗外传来几声清脆的鸟鸣。于我来说，这应该是一个新的发现，以前我好像不知道，在深夜4点，就有鸟儿开始活动了、鸣叫了。那些同样属于尘世的精灵，应该不会有着同我一样的不适。它们之所以鸣叫——虽然是在夜晚，却是置身于暖暖的春天——我想，应该是在怜惜属于自己的春光吧！

这样的时候，在这样的感受里，黑寂中我听到的，就不仅仅是鸟鸣了，而是让人牵挂眷恋的雀跃的春光，以及春光中万物生长的音韵。

这样的时分，春悄悄地憩息在心头，像一只猫，在城市屋顶上，在梦的边缘溜过来溜过去，为人们传送一些美好的信息。春风以轻柔的姿态，将夜色中的河水吹出一圈圈梦的涟漪；将树梢的芽苞吹胀了、吹开了。春，自由地飞翔着，它叩问着有情人的门窗和心扉，让沉睡的爱，一点一点地复苏，一分一毫地拔节。

"繁枝容易纷纷落，嫩蕊商量细细开。"在我的感觉知觉中，曼妙的鸟鸣，叫醒的分明是曼妙的人间美景：碧野茫茫、万绿层染、花苞初绽、含羞动容、千般风姿、万种风情。熏香的春风，荡开了属于春天的每一分柔情，酝酿着冬去春来的软语呢喃。

春还在，希望就在，这样一个互动的季节，就算是病痛加身，也会有一些什么脱颖而出，给你醍醐灌顶般的顿悟和启迪，让你有足够的勇气，卸去生命中沉重而沉郁的装束，参透生命的黯然和光亮、哀怨和喜悦，走进新的又一天的美好生活中。

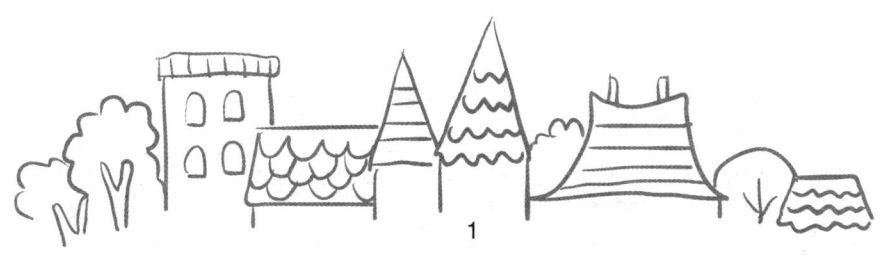

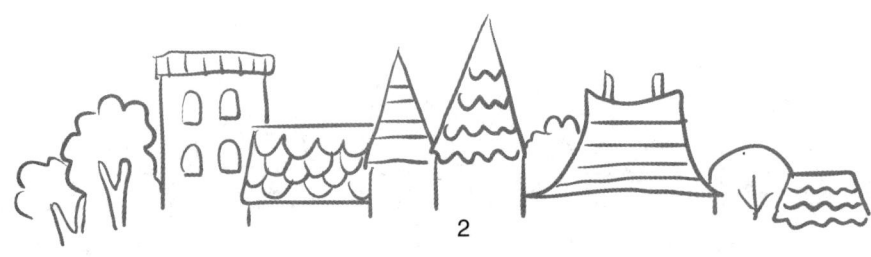

第五章
岁月轮回里的沧桑和美丽/151

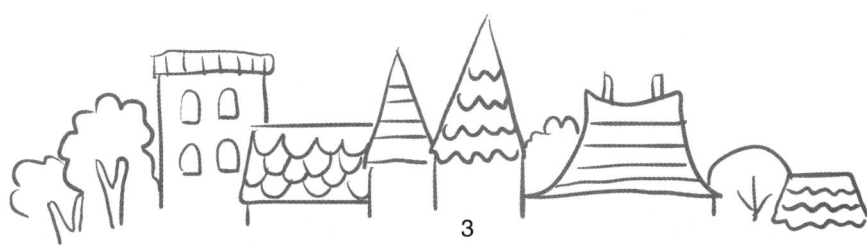

第一章

让思考和行动为生命注入底气

没有什么可以等得来、
坐得来的好事。
要有出色的表现，
就必须做好出色的铺垫。
任何意想不到的成功，
都是以实力作后盾的；
真正意义上的成功，
永远属于那些有充分准备的人。

小意外，大转折

　　20世纪初，美国德克萨斯州有个男孩，顽皮淘气，不爱学习，常常借故逃学。有一天，他碰巧参加了无人认领的自行车拍卖会。第一辆自行车的竞拍开始，站在前面的男孩说："2美元。"叫价持续下去，拍卖员看了一眼那位男孩，他没继续应价。接下来几辆车都拍出去了，男孩每次出价都是2美元，好像没有多加价的打算。2美元实在太少了，在现场，每辆自行车最后的成交价都在十几二十美元。拍卖员感到奇怪，问男孩为什么不再加价，男孩说："我只有2美元。"拍卖眼看着要结束了，现场只剩下最后一辆漂亮的单车，拍卖员问："有谁出价吗？"这时，站在最前面，几乎已失去希望的男孩还是说："2美元。"拍卖员停止了唱价，现场所有的人都静默下来，没有人举手，也没有人再出价。最后，男孩拿出握在手中，已被汗水浸得皱巴巴的2美元，买走了那辆全场最漂亮的自行车。

　　于男孩来说，参与拍买的成功不能不说是个意外，正是这次意外，让他看到了人心的美好，也让他明白了一个道理：有些事，只要积极参与，就算实力不够，还是有可能成功的。

　　随着岁月的推移，用2美元得到一辆漂亮自行车的男孩，从德克萨斯州西南师范学院毕业了。毕业后的一段时间里，他无所事事，便应朋友之邀打算去远方旅行。出发前几天，他不小心弄伤了脚，当时，脚上的伤口很小，他不以为然，随便敷了些药。没想到，他所穿的那双劣质袜子上深色染料所含的毒素，让他脚上的小伤口受了感染，以致伤口发炎溃烂肿胀。不得已，他取消了和朋友一起出行的计划。当时，正好有一位著名的演说家，来到他所居住的镇上。闲在家中无聊的他，就撑着拐杖，去听那位演说家演讲。

听完演讲，演说家演讲的内容，深深地打动了他，他觉得必须改变自己的生活，甚至决定继续求学，为将来做好最适当的准备。从此以后，他在一切的事情上都加倍努力，不再虚度时光，他的人生因此又有了一次新的转折。

后来，他步入政坛，表现出众，人缘极好，加上事事努力，很快就拥有了显赫的职位。有一天，他出门度假，几小时的车程后，他来到一个小城的旅馆过夜。吃过晚饭，疲惫的他很快就进入了梦乡。凌晨时分，他被窗外的风雨之声惊醒。他打开房灯，想抽一根烟。他伸手去抓睡前放在床头柜上的烟，不料那包烟意外掉入了痰盂中。他下床搜寻衣服口袋，毫无所获，又搜索行李，还是没有烟的踪影。这时候，旅馆的餐厅、酒吧早关门了，他唯一有希望得到香烟的办法是穿上衣服，走出去，到几条街外的火车站去买。越是没有烟，想抽的欲望就越强，他脱下睡衣，穿好了出门的衣服。

在伸手拿雨衣的时候，他突然停住了。他问自己：我这是在干什么？他站在那儿寻思，一个长期被书香浸染的人，一个事业上相当成功的人，一个有足够空间对别人下命令的人，竟要在三更半夜离开旅馆，冒着大雨走过几条街，仅仅是为了抽上一支烟。这是什么习惯？这个习惯的力量怎么可以这样强大？想到这儿，他脱下衣服，换上睡衣回到了床上，带着解脱和胜利的感觉，几分钟就进入了梦乡。

三次出现在不同人生阶段的小意外，以及意外出现后对人生目标极具指向性的思考，为他的生命注入了底气，让他的事业在参与和进取中蒸蒸日上。很快，他成了美国政坛风云人物，坐上了美国总统的宝座。他的名字叫林登·贝恩斯·约翰逊。

感谢让自己失落的人

因为失恋，他陷入了极度痛苦之中。这样的时候，他选择了以忙碌来排解心中的失落。

他一股脑儿地打开房间的手提电脑和台式电脑，登录校方网站后，一门心思地凝视着电脑屏幕，展开了破解有关数据库密码的黑客行动。没多大工夫，他就发现了相关数据库的排列规律，从而顺利地将密码破解，进入通道，看到了所有想看到的资料。他一刻不停地将所有想要的图片从学校服务器上下载并保存到他的手提电脑里。在这个忙碌而宁静的深夜，他完全沉浸在侵入学校数据库的喜悦中，失恋的痛苦随之烟消云散。

清凉的夜风从窗口吹来，让他拥有了前所未有的人生飞越感。就这样，他花费8个小时从学校数据库中下载了9栋宿舍的成千上万张照片。获得所要的数据后，他开始编写网站运转程序。3个小时后，程序编写完毕。他的手指在键盘上飞速地弹了几下，网站Facemash立马启动起来。他欣慰地端起杯子，猛喝了几口啤酒，心中弥漫着成功的喜悦。

对他来说，世界上最好的大学——哈佛大学的计算机系统，几乎是没有障碍，不堪一击。只一个晚上的时间，就轻而易举地被拿下了。

Facemash属于选美网站，所提供的照片是他于一个晚上的短时间内，收集下载而来。他把网站发给他认识的所有的人，让他们在网站上点击，进行投票，评比出最具吸引力的照片。一传十，十传百，很快，他的网站流量剧增。仅 2 个小时，就有上千人对 Facemash 上的 2 万多张照片进行了投票。18 个小时后，他的手提电脑因用户过多而死机。与此同时，哈佛大学计算机服务部门检测到了非同寻常的流量，于是想方设法查找原因，终于查到了他。学校将他的网站关闭的同时，给予了他留校察看的处分。

这份挫折是他预料到了的，所以，他并不气馁。相反，有那么多人喜爱 Facemash，让他产生了创业灵感，他看到，人们是怎样关心着自身周围的事情；他更坚信，事物的细节，与人有密不可分的联系。

他开始创立包含照片与交往细节在内的社交网站，帮助用户与朋友链接，让他们彼此分享信息，确立他们自己的社交圈子。他天生就是个网络通，仅用 7 天时间，他的第二个网站 Facebook 正式上线。

上线 5 天时间，Facebook 就积累了极旺的人气，迅速横扫哈佛校园和周边城市。仅 20 天就有超过半数的哈佛学生注册成为它的用户。两个月后，这个网站的影响力遍及所有常春藤院校。对外推出 10 个月后，Facebook 的注册人数突破 100 万，他干脆从哈佛退学，开始了全职运营网站的生涯。

他运营 Facebook 的宗旨是帮助人们理解这个世界。他说："我绝不会效仿门户网站，让用户尽可能多地在网站上消耗时间。而是要让人们来到这里自愿分享更多的信息，让自己与他人的沟通变得更为便捷，体现出更多的关心，从而把世界变得更加美好。"

6 年的迅猛发展，Facebook 已经拥有 9 亿用户，而且还在不断地增加。可观的用户量，吸引了无数商家到 Facebook 打广告。如此一来，财富几何级增长，铺天盖地地向 Facebook 飘来。

2012 年 5 月 18 日 9 时，Facebook 正式在纽约纳斯达克上市交易，市值达到 1200 亿美元，28 岁的他成了最大股东，身价达 200 亿美元，他的名字叫马克·扎克伯格。

在回首自己走过的路时，他坦率地说："首先要感谢所有让自己失落的人，是他们磨炼了自己的意志，消除了内心的障碍，强化了处事的能力。正因为这样，才有理由相信，这世上没有什么不可能的事情，只要敢想敢做，就可以诞生奇迹。"

越质疑，越惊奇

不明发光体出现在人们的视界时，人类总会有各种各样的联想、疑问。人世间的奇迹一旦出现，或誉或毁，也在情理之中。她16岁创造奇迹时，各种复杂心理导致的非议将她团团包裹，但她面对质疑，没有陷入抑郁的氛围中，而是不愠不火，从容淡定。她知道，是金子，就算蒙上灰尘，也还是金子。

早在2010年，亚运赛前，她突发牙痛，检查后，因担心上麻药影响兴奋剂检测，她硬是忍着痛，从牙龈抽出血来进行减压处理。为此，美国电视新闻CNN对她在亚运会夺冠做出了预言。果然，首次参加亚运会的她，在女子400米个人混合泳中夺冠。那时，她14岁。

她手大脚大，有着与生俱来的绝妙水感，这也许正是她作为游泳选手的优势所在。应该说，她是那种能在水里漂起来的运动员。但天才也有一个蜕变的过程，上幼儿园的时候，她就被推荐到体校练习游泳，一年365天，除了泳池换水的几天，她一天也没落下。有一次，她的小腿因不小心被刮破，缝了9针。但休息不到十天，她就迫不及待地回了体校。她的启蒙教练说："这个女孩从不吵闹，你给她多少任务，她都会完成。"教练交代游10000米，她会游12000米，绝不会只游9900米，丝毫不会偷懒。

斗转星移，她的训练更加刻苦，她也变得爱动脑子，爱琢磨，出现过的错误动作，纠正后很少再犯。她特好强，有一次，她周末回家，在饭桌上沉着脸，想着心思，突然间，她放下碗筷，跑到阳台大喊道："我一定要赢了你！"原来前一天队内比赛中，她输给了年长她的队友。加训一个月后，她真的赢了回来。日复一日的磨砺，增强了她对游泳的信心，随着时间的推移，她的体态愈显健康苗条，游泳于她而言，已经成为一种享受。就这样，资质天成、健康苗条、技能娴熟的她，轻轻松松打破了世界纪录，获得奥运金牌。

天才经得起质疑，越质疑越惊奇。菲尔普斯在北京奥运会史无前例地夺得8枚金牌，并经历了严格的兴奋剂检测。事实证明，菲尔普斯的成功与兴奋剂无关。博尔特也在鸟巢一鸣惊人。当时就有不少名宿、媒体纷纷惊呼"博尔特的奇迹是兴奋剂的奇迹"，检测结果一出来，人们不得不相信，博尔特速度本就是上天的赐予。历届奥运会，索普、刘易斯、约翰逊……一个个如雷贯耳的名字，一项项当时匪夷所思的成绩，都在质疑被打破之后，烙入人们记忆深处。

她——叶诗文，也不例外，成功后的质疑，让她成为奇迹中的奇迹，一块灰尘蒙不住的金子，一颗异乎寻常的发光体。

成功的背后

当竞争实力高于预期值的时候，就意味着会有意想不到的成功。在2004年雅典奥运会上，女子网球双打选手孙甜甜和李婷的杰出表现，就足以说明这一点。

据说最初，中国代表队对这两名选手最大的期望值就是能够进入16强。结果，这一关过得很顺利，继而进入了8强，接下来又不可思议地进入了4强，也就是说，有拿到铜牌的希望了，应该说，能走到这一步已经远远超出了预期，很令人满意了。然而，事情并没有完结，两名选手在最佳的竞技状态中，叫人为之一振地进入了决赛圈，至少也是银牌拿定了。真是一个惊喜连着一个惊喜。出乎意料的是，决赛中，孙甜甜和李婷沉着应战，最后一举夺冠，捧回了雅典奥运会女子网球双打金牌，她们的表现不能不叫人折服。这意想不到的成功，惊喜连连的结局，是谁也没有预料到的。

无独有偶，男子110米栏决赛中，中国选手刘翔以12秒91的优异成绩，力克美国选手特拉梅尔，夺取了这个项目的金牌。一直以来，女子网球和男子110米栏是中国队的弱项，这两枚金牌爆出的冷门，乍一看，是出人意料的。

事实上，这种意想不到的成功，当然不是得力于机缘，更不是得之于

偶然。谁都清楚，成功不是无根之基，无本之木，更不是空中楼阁，它需要以艰辛的努力作为铺垫。在成功的后面，常常意味着有别于常人的不可想象的付出。当然，这种付出有自身的，也有别人的。如果孙甜甜、李婷不曾付出过，竞争实力绝不可能不招自来。这一点，从她们被晒得黝黑的皮肤可以读出来。拿到金牌后，李婷说过这样一句话："我们很黑，不只是皮肤黑，在奥运会上真的是黑马，冠军是一场一场拼下来的。"由此可见，不管有怎样的幸运降临，在公平公正的奥运赛场上，如果没有平时造就的实力，是一定无缘拿到金牌的。

一代文学大师冰心曾说过："成功的花，人们只看到它现时的明艳，却不知它当初的芽儿，浸透了奋斗的泪泉，洒遍了牺牲的血雨。"世事大多如此，没有什么可以等得来、坐得来的好事。要有出色的表现，就必须做好出色的铺垫。任何意想不到的成功，都是以实力作后盾的；真正意义上的成功，永远属于那些有充分准备的人。

被压力击中

2008 北京奥运会，刘翔因足部受伤无法完成 110 米栏比赛，不得不在众目睽睽之下选择离开赛场。在百年梦想的中国赛场上退出比赛，不能不说是刘翔生命中最大的遗憾，可以说，这与他在 2004 雅典奥运会一跑成名后所承受的身心压力是极有关系的。

成名前的刘翔，刚进入体能训练时虽然很瘦弱，却表现出了常人所不及的优势，那就是：柔韧性好，脚底下速度快。1996 年，上海市举行青少年田径比赛，刘翔没有和任何人商量，自作主张报了 100 米短跑项目。进入比赛，刘翔轻轻松松就拿下了 100 米冠军。看台上，教练孙海平有滋有味地评价："速度快，节奏好。"

在孙海平的关注和坚持下，刘翔练起了跨栏。跨栏是个技术含量相当高的项目，一开始，高难度和高运动量的训练让刘翔极为不适，晚上躺在床上，膝盖内侧被栏架磕破的伤口总会隐隐作痛。一次比赛中的意外扭伤，让刘翔的母亲下定决心让儿子回到做"正常人"的轨道。她让刘翔背起书包，离开了训练基地。离开的时候，下着大雨，她领着刘翔到孙海平联系的华山医院去看膝伤。刚一下车，就看见孙海平打着伞站在那儿接应，忙着为刘翔办复查手续。孙海平用他父亲般的关爱，将刘翔拉回了训练基地。

并针对刘翔的实际状况，制定了特别的训练方法，为刘翔"减压"，让他练得轻松自如，心情愉快。

跨栏这个项目，是需要天赋的。天赋之一是身体条件，之二就是悟性，刘翔就是以悟性和孙海平特殊的指导方法成就自己的。每周，孙海平只安排18个小时的训练量给刘翔，平均每天3小时，备战期间会减到更少。训练场上，一堆穿着相同运动衣的人中，刘翔一眼就能被认出，因为他显得极"悠闲"。这种近似于"偷懒"的"悠闲"，实则是孙海平为了给他"减压"有心安排的。孙海平笑着说："如果让他训练过了头，情况就不妙了。"

外在的"减压"，实则是内在潜能的激发。适时的"减压"让刘翔恰到好处地调整着自己的身心状态，让他在运动场上精神饱满。雅典奥运夺冠之时，记者采访他平日训练的情况，他说："我在训练时很放松，练得差不多就玩一会，或者和队友聊聊天。我和教练的配合超级完美，有超级拍档的感觉。"

都说有了压力才有动力，其实不然。有时候，没有压力可以让人收放自如，甚至会带来意想不到的成功；相反，有了压力，可能就会被压力击中，导致难以挽回的遗憾。2008北京奥运赛场上，刘翔带伤退出，无疑是值得深思的。设想一下，如果没有成名后的压力，没有患得患失的心理，刘翔也许会一如从前，处在"悠闲"训练的境界中，足部也就不会因此受伤了。由此看来，人生是不能背负太多压力的，背负压力，往往事与愿违。只有放下压力，放下成功的包袱，才能在轻松洒脱的境况中，最大限度地化解人生的遗憾。

耐人寻味的奥运冠军

　　美国普林斯顿大学的加勒特酷爱艺术，对意大利文艺复兴时期的不朽作品——《掷铁饼者》钦佩得五体投地。当他得知将在雅典举行奥运会，就很想去参加比赛。朋友说他臂力过人，可以参加铁饼比赛。但是，美国当时还没有开展这个项目，加勒特连铁饼是什么形状都不知道，对于掷法更是一无所知。于是他就按照米隆的雕塑人体与铁饼的比例自己制作了一个铁饼，并模拟《掷铁饼者》的姿势，随便摆弄了一番之后，仓促来到了雅典。到比赛时他才发现，铁饼是那么的轻（古代铁饼远比现在的重），它既轻巧又方便，因此他毫不费劲就投掷了 59.15 米，轻松地赢得了冠军。赛场上的教练员和运动员都目瞪口呆，对这位选手的惊人表现深表不解，而观众却为这位初学乍练的美国选手欢呼鼓掌。后来他又在铅球比赛中夺得第一名。

　　夺冠缘于热爱，热爱是最好的老师。

　　网球比赛被列为正式比赛项目时，网球运动并不普及，连专业选手的水平也好不到哪儿去。首届奥运会网球比赛在雅典丘比特神庙的柱子附近举行。那时，英国牛津大学的学生博兰正好在雅典旅游，他是位网球爱好者，外出旅行总是随身携带球拍。赛事进行得如火如荼，原来并没有打算

参加的他也想一试身手,遂现场报名,挥拍上阵,结果竟然打遍全场无敌手,成为奥运史上第一个网球单打冠军。

德国德累斯顿高等工业学校学生特劳恩正好也在雅典旅游,也是一位网球爱好者,在雅典偶然结识博兰。博兰获单打冠军后,邀特劳恩结对参加双打,结果获双打冠军。他们在旅游途中的意外收获,一时传为佳话。

并非无心插柳柳成荫,重要的是要以实力作后盾。

首届现代奥运会于 1896 年在希腊首都雅典举行。美国哈佛大学古代语言专业学生康诺利获得这一消息后,跃跃欲试,但校方认为他去参加比赛会打破学籍管理制度,反对他去参赛。他没有听从学校的劝告,毅然前往雅典。奥运会首先进行的是三级跳远比赛,有 5 个国家 7 名运动员参加角逐,康诺利以 13.71 米的成绩成为现代奥运史上的第一个冠军。

当他载誉回国后,哈佛大学却以破坏校规为名开除了他的学籍。康诺利并未因此放弃从事体育训练,并通过努力成为一个颇有名气的记者和作家,并与他的校友,美国第 32 届总统罗斯福结为挚友。1949 年哈佛大学纠正了过去的错误,授予 80 岁的康诺利名誉博士学位,以表彰他对现代奥林匹克运动所做的贡献。

放弃人生局部,才有可能赢得生命全部。

1904 年第 3 届奥运会的马拉松比赛安排在天气闷热的中午进行,因此,全程 40 公里的路程对每一个运动员都是一个严峻的考验。来自美国的希克斯在离终点还有 15 公里时,感到体力不支,很想在地上躺一会儿。但是,他的要求遭到了乘着汽车"陪跑"的教练的严厉斥责,因为这时他已领先其他选手二千多米,夺冠在望了。"聪明"的教练随即把事先准备好的士的宁硫酸盐和生鸡蛋白让希克斯服下,再跑一段路后,又给他更多的士的宁以及一些白兰地酒,同时向他身上洒热水,以防他脱水。在快到终点的小山坡上,希克斯实在跑不动了,只好慢慢走着,硬撑着挨到终点。之后瘫倒在地,失去了知觉,直到几天以后才苏醒过来。他虽然最后以 3 小时

28 分 53 秒的成绩"巧夺"桂冠,却使自己的体重减少了 10 磅。事后他说:"赢得比赛胜过当上美国总统！"但是,其他国家的运动员可不服气,他们指责希克斯利用药物、酒精使自己保持兴奋状态而获得金牌,"不清不白",并提出抗议。可那时人们对使用兴奋剂还没多少认识,国际奥委会尚无禁用兴奋剂的规定,因此抗议无效。希克斯成为奥运会第一个靠兴奋剂夺冠的人。

第一个也是最后一个吃奥运螃蟹成功的人。

在 1908 年第 4 届奥运会上,美国队在田径项目中的短跑成绩不佳,丢了所有的金牌,为此,运动员们决心在下一届奥运会上力争好的成绩,以雪此耻。在 1912 年斯德哥尔摩第 5 届奥运会 100 米赛中,有 22 个国家的 68 名选手参加,其中美国运动员就占了 10 名。分在第四组的美国选手克雷格看到同组的德国选手成绩曾达 10 秒 5,知道自己并非他的对手,于是就想利用抢跑战术来整垮对手,因为这次比赛没有抢跑要受罚的规则。比赛开始后,他一连抢跑了 8 次,结果德国选手被他弄得晕头转向。而当他第九次起跑成功时,对手已被他的"神经战"击败。克雷格轻松地取得小组第一名,进入决赛。在决赛中他以 10 秒 8 的成绩获冠军,为美国夺回了一项短跑金牌。

不管是奥运赛场上,还是人生旅途中,战略战术都是不可小视的。

奥运史上发生过这样一件事:1908 年伦敦第 4 届奥运会 400 米决赛中,入围的 4 名运动员是英国的霍尔斯韦尔和 3 名美国人。起跑后,两名美国人并肩齐跑,故意阻挡霍尔斯韦尔。霍尔斯韦尔为了超过他们,只能从外道绕过他们,这时另一位美国人卡彭特又故意用胳膊肘撞击霍尔斯韦尔的胸部。当霍尔斯韦尔超过他们时,卡彭特又在后面拉他的短裤。美国运动员的举动引起在场观众的强烈不满,裁判员则当即取消了卡彭特的比赛资格,同时宣布比赛无效,重新开始。但另外两名美国运动员对此裁决十分不满,拒绝参赛以示抗议。就这样,参加决赛的运动员只剩下霍尔斯韦尔

一个人，冠军自然而然落到了他的名下。

在大众视野内，当他人都意气用事时，循规而沉着的人注定是成功者。

1920年安特卫普第7届奥运会是在经过4年残酷战争之后的第一次赛场大聚会。出生于美国加利福尼亚的帕多克，虽然体型微胖，起跑技术欠佳，但他依仗独创的冲刺技术，在田径比赛中独领风骚。在100米跑中，当离终点还有4米时，只见他突然上体前倾，挺胸抬头，两臂高举，腾身扑向终点线，以10秒8的成绩平了世界纪录并夺得金牌。这一被专家们称为"豹跃式冲刺"的技术，一时成为各报的头号新闻。之后，他又夺得200米亚军和4×100米接力冠军。然而，这位短跑名将在运动会即将结束时却大出洋相。闭幕式时，他因急着回更衣室取鞋子，忙中出错，忘了带钥匙。这位冒失鬼不顾利害，竟然来个破窗而入，保卫人员发现后，给他戴上手铐，送进了警察局。由于双方语言不通，比画来比画去也解释不清，直到第二天他才被释放，不仅没能赶上领奖和闭幕式，还差点不能跟队友一起回国。这位被戴上手铐的冠军，在1924和1928年又两次参加奥运会，但均未获得金牌。但是，他所创造的豹跃式冲刺技术后来被各国运动员仿效，对世界短跑运动的发展做出了贡献。后来，他退出体坛，在美国海军陆战队中服役。第二次世界大战中，已成为上尉军官的帕多克于1943年在一次飞行任务中牺牲，时年43岁。为了纪念他，美国有一艘军舰以他的名字命名。

独特的永远是金贵的，瑕疵掩盖不住光芒。

总裁的皮鞋

　　他幼年丧父，与勤劳善良、吃苦耐劳的母亲相依为命。他爱好体育运动，特别是打篮球、踢足球，常常打着赤脚在村里的空地上跑来跑去。虽然当时的足球实际上是一些未成熟的土柚子，既不够圆，也缺乏弹性，但他玩得很开心。即使他这样热爱运动，但家里也没钱给他买鞋，他唯一的一双鞋是哥哥穿旧了的力士鞋，只有走亲戚时才有机会穿。

　　童年的苦难磨砺出他的斗志。他靠新中国的奖学金以优异成绩读完了大学。毕业成家后，他与夫人同心协力，靠一把剪刀，剪裁出一片全新的天地。成功后，为社会慈善公益事业，他做到日均捐款8万元，达27年之久。但他的生活却极其俭朴，每餐半碗米饭，一点点肉，一些青菜，每餐的消费不超过10元。在应酬招待客人时，所有吃不完剩下的食物，他常常亲自动手打包带走。

　　童年的困苦造就了他节俭的美德。即使在成为逾四十亿港元的上市公司老板后，在日常生活中他依然节俭得令人难以置信。他有一双皮鞋穿了整整六年，因为穿的时间太长，鞋跟磨得一边高一边低，走起路来既不方便又不舒服，于是他咬咬牙，决定给自己买一双皮鞋。

　　在好朋友的陪同下，他买了一双价值1200元的皮鞋。鞋很轻很软，

穿上后感觉特别舒适。但几天后，他脚上穿的还是那双坏了的皮鞋，只不过他悄悄给这双皮鞋换了鞋跟。朋友问他："怎么不穿新买的皮鞋啊！"他抬了抬脚，很开心地说："你看，补好了，又可以穿了，新买的鞋那么贵，还是留着在有庆典活动的日子再穿吧。"

一个身家丰厚的大老板，一举手、一投足的捐赠都是成千万上亿的，居然连一双香港普通打工仔穿的皮鞋都不舍得穿，岂有不令人为之动容之理。就这么一双皮鞋，最后还是没有穿在他的脚上，而是拿到集团公司所在的欧洲工厂做了样板。

他舍得捐赠，却舍不得在自己身上花钱，节俭到了对自己近乎刻薄的程度。有人不理解，问他这是何苦，他说："我是一个普普通通的商人，人生在世，来时两手空空，去时也不能带走什么。我只希望在我的有生之年，为社会多做一些事情，尽可能多地留下我的一片爱心。"

这位让一双皮鞋在脚上穿了六年，还要换上鞋跟再穿下去的男人，就是打造出"男人的世界"的香港富豪、金利来集团董事长曾宪梓。

哈林表情

热门节目《中国好声音》导师之一庾澄庆（哈林），1986 年推出首张专辑《伤心歌手》，便大破十万张销量，成为畅销歌手。多年的努力，使他在音乐演唱、作曲、编曲、制作及演奏上的功力得到社会认可。

由于创作曲风广泛，精通多样乐器，舞台魅力十足，加上主持过《哈林哈时尚》，很多时尚理念和扮靓秘籍都烙在了他的心中，他因此赢得了"音乐顽童"之美誉。不仅如此，他无处不在的丰富表情，更是让众多网友着迷。

看过《中国好声音》这档节目的人，大抵都会对哈林的表情留下深刻印象。就算没看过这档节目，只要你在网上一搜，哈林千奇百怪，花样百出的表情，一定会让你为之一振，为之捧腹。那陶醉的表情，卖萌的表情，夸张的表情，令人费解的表情，不一而足。当这些表情凸显在受众视野时，52 岁的哈林依然能给人以青春的魅力和冲击力。

哈林生性幽默搞笑，堪称表情帝。他的表情十分丰富，时而可爱、陶醉，时而纠结痛苦，有时甚至是狰狞的。应该说，他的表情不是一般人能做出来的。那是喝了加多宝的表情，是喝了烈性白酒后痛苦的表情，或者是醋喝多了的表情，透露出直率、大气、善良、调皮、可爱的性情。他的表情足以证明，他的不老是有理由的。

　　哈林的神表情，极投入，是享受时的充分释放，是听到好声音之后心灵的震撼。他的表情，一憋，或许就憋成了内伤。所以，就算皱纹增生，面部抽筋，皮肤老化，不再帅气，他也无法放弃自己的表情。在哈林好萌超萌非常萌的时候，一旁注目已久汗毛直立的刘欢也忍不住以表情说话了：这货这样子，到底要搞什么呢？

　　哈林的怪异表情，有吃错药的感觉，他那认真而纠结的范，他那扭曲出来的苦瓜脸，他那令人无语的状态，分明是一个十足的摇滚顽童。

　　哈林是个欢乐的人，他以他丰富的表情，给了别人一盏欢乐的灯，在照亮他人音乐道路的同时，也照亮了自己的音乐道路。他的表情是魔鬼和天使的载体，夸张、狂放、了无拘束，那是一种从灵魂深处流淌出来的表情，是爱和沉醉的表情。

　　哈林的表情，哈林的过往，在哈林看来，是因为深受父亲庾家麟的影响，是他的父亲，以积极乐观的心态，向他传授了生而为人对音乐的想法和对生活本真热情的姿态。

被刺痛唤醒

　　他大学毕业被分配到一家企业，对于这份工作，他并不满意。终于，他寻机跳槽到了服务行业，做得如鱼得水，收入很快达到让同龄人羡慕的水准。就在他的事业一帆风顺的时候，作为一名五星酒店接待员，他接到了接待比利时政府代表团的任务。代表团中有一位钻石商人，希望他以翻译的身份陪他在中国各地走走。这一走，彻底改变了他的命运。他再一次跳槽，走进了璀璨的宝石世界，与钻石结下了不解之缘。

　　几年后，他有缘进入圣地亚哥珠宝学院钻石鉴定专业学习。一天，他来到了加利福尼亚州这个浪漫的、以钻石闻名的城市，进城的那一刻，他想起了自己可爱的妻子，于是来到某珠宝秀展台间，寻找自己心目中的爱情之石，他想送一件像样的礼物给大洋彼岸阔别已久的妻子。

　　在一个并不显眼的展位前，他停了下来，映入眼帘的，是一对耳钉，每只都镶嵌着1.5克拉的金黄色钻石。他想，对于妻子来说，这一定是她心目中稀罕的礼物，于是他问了价钱。柜台后那个戴着小黑帽的年轻人漫不经心地问，你是哪里人？知道是中国人后，他淡淡地说："你买不起，不要问了。"小黑帽漫不经心的一句话，激发了他的心气，他毫不迟疑地掏出信用卡放在了柜台上。年轻人盯着他的眼睛，嘴里蹦出了一个遥远的

数字：30 万美金。

这个数字，噎得他半晌说不出话来。老实说，他的信用卡没有那么高的额度，那时他所具备的专业知识，也不足以让他一眼看出那两颗金色石头的价格，他甚至没有还价的余地，更何况若是还价还得太低会让人瞧不起。处于尴尬境地的那一刻，柜台后一位七十多岁的老人，扬扬手让那个眼角眉梢表现出不屑的年轻人走开了。尽管如此，他的心还是有被刺伤的感觉。

老人和颜悦色地对他说："你现在买这样的钻石还有一些难度，但总有一天，中国会有这样的市场。我的很多朋友去过中国，已经看到这个国家的发展，你需要的是时间。"在得知他在圣地亚哥珠宝学院学习后，老人又说："你能够来这里学习就是一个很好的开头。今天我把这些石头给你看，某一天你会有能力拥有它们。"说话间，一些粉色、蓝色、金色的彩色钻石一颗颗展现在他面前，在正午的阳光下闪耀着璀璨夺目的光彩。老人欣慰地介绍说："这是一个犹太家族四五个世代缓慢积累的财富。"这些钻石和老人的一席话，推开了他心中的梦想之门。

在珠宝学院学习期间，他的导师说："你能下这么大决心来美国，将来肯定会去南非。"因为这句话，他毕业后又前往南非钻石教育学院继续深造。在那里，他有心收集了许许多多极有特色的南非石制工艺品，结识了一批珠宝行家，这无疑为他以后的事业做了极好的铺垫。

学成回国，他一门心思扎入心目中的珠宝世界，成了一个不折不扣迷恋钻石、为钻石而生的男人。他东挪西借、东奔西跑、殚精竭虑地经营属于自己的钻石工厂，不久，终于拥有了属于自己的珠宝加工车间。车间内，一批本土的、南非的工匠按他的设计和流程要求一丝不苟地打磨着石头。精心雕琢后，一件件精美的钻石饰品魔术般呈现出来。他成功了，许多客户慕名而来，他的钻石工厂成了钻石行业高级定制的首选。他精心设计制作的一款款极有纪念意义、独一无二的饰品，将他的事业推上了一个新的台阶。他就是珠宝学家、南非迈克尔钻石董事长刘燕声。

人生旅途上，挫折和尴尬总是存在的，一颗执着敏感的心，一旦被刺痛唤醒，便意味着成功的来临。

在风口上飞翔

在风口上飞翔，是一种顺势而为的姿态。杨澜访谈小米董事长雷军时，雷军说：这个时代需要我们顺势而为，只要风口的风足够大，猪也会飞起来。

顺势而为最重要的，就是了解未来的发展方向。方向一旦选错，越是努力，离正确的轨道就可能越来越远。做到顺势而为，才有可能最终被这个时代所成就。就像狄更斯描绘他所处时代的巴黎一样："这是一个最好的时代，这是一个最坏的时代"。我们有自己的机遇，在时代的风口上，我们或许真的会成为一只能够飞翔的猪。

在雷军看来，顺势而为的颠覆，肯定颠覆了别人的想法、看法，影响了别人的利益。一个新的东西产生以后，随之而来的就是诋毁、抹黑，羡慕、嫉妒。但不管他人怎么想，将自己想要做的事情做好了，就一定会拥有足够的飞翔的力量。

雷军生性内敛，从小就表现出优异的禀赋，18 岁那年，他轻松地考入了武汉大学。大学期间，从他翻开《硅谷之火》这本书开始，就注定将度过"誉满天下，谤满天下"的商业人生。书中的乔布斯教他沉湎迷醉，心驰神往，无法忘怀。多年后他对媒体描述理想时深情说道："那年我 18 岁，我也想像乔布斯一样办一家世界一流的企业。"

23 岁那一年，雷军加入金山软件。期间，因为工作努力，声名极好，不到 29 岁，就升任了总经理。然而，"世界一流"的凌云壮志一直萦绕在雷军心中。在金山软件于香港联交所挂牌上市时，他看到了金山与阿里巴巴的巨大差距。两个月后，他撂下一句"我的青春，我的金山"负气而去。

在离开金山之前，他是贫弱的。别人在互联网点石成金，他还在"前有微软后有盗版"的软件夹缝中低头探路。"为什么有人付出 100% 的努力只能换回 20% 的增长？反之，有人付出 20% 的努力，却能获得 100% 的回报？""金山软件有中国最优秀的一批工程师，大家都很团结，执行力也非常强。但为何最后上市依靠的反而是网游业务？"他痛彻心扉般仰天叩问，满溢着对 16 年金山岁月的深刻反思。"金山就像是在盐碱地里种草。为什么不在台风口放风筝呢？"他自问自答，"站在台风口，猪也能飞上天。"

雷军开始以他的睿智和素养，以"拎着一麻袋现金"的姿态，游移在移动互联网行业，第一名不干找第二名，第二名不干找第三名。但他有个原则：不投与金山有竞争关系的业务。短短三年时间，雷军一口气投资了凡客、乐淘、拉卡拉、UC、多玩网、可牛等众多公司，涵盖了移动互联网、电子商务和社交三大领域。易凯资本董事长王冉则感慨地说："全中国都是雷军的试验田。"这些公司都是所在行业的当红明星，如此一来，"雷军系"资产估值很快就达到了 150 亿～ 200 亿美元，一跃成为继腾讯、百度、阿里巴巴系之后的第四股力量。

随着小米科技公司的问世，在雷军的感觉里，除了痛苦就是压力。他把小米手机当成最后一役："我应该输不起。但输了，一辈子也就踏实了。"他的办公桌上一直摆放着 20 世纪 80 年代版本的乔布斯传记《硅谷之火》，他说："为什么我非要做小米？就是因为这本我 18 岁时在大学图书馆偶然读到的书。"虽然雷军一开始就知道手机里有 800 多个元器件，技术难度相当之大，而且特别烧钱。但他心里明白，他 18 岁时的梦想，从来不曾消逝过，一直都在。

　　特殊的时代可以塑造特别的人物；反过来，特别的人物也可以创造崭新的时代。顺势而为需要有脚踏实地的素养，时刻感知变化，拥抱变化。虽然说，顺势而为只是成功的前提，不是成败的真谛；但可以肯定地说，顺势而为的人，已经拥有了创业成功的基石。怪不得雷军脱口而出的总是这样一句话："一认命，一顺势，就可以风生水起。"

　　只要有足够强大的内推力，什么都不懂的人也能借力飞翔，顺势成功。在这个借势着力的时代，只要不随便复制别人的做法，只要善于整合自己的能力和资源，就有成功的机会。就算败了，也还可以推倒重来。失败和挫折，只会让顺势而为的创业者变得更成熟、更睿智、更强大。

梦想，从"舍大求小"起步

从南京航空航天大学研究生毕业后，他进入一家国企做了商用小飞机试飞师，每天跟飞机打交道，翱翔于蓝天白云间，并且能够出国飞行，领略异国风情。这份工作，是很多理工科男生的梦想。然而，一年后，他放弃了，他心里惦记着的，依然是读书期间和朋友在南京成贤街开的小饮料店。

见他拖着行李箱回来，朋友们无不惊奇："那么风光的事情放下不干，非得捣鼓街头小生意？"他笑着说："是呀，我回来就想着要把这小生意做大。"在他心里，这不是玩笑话。相对于国企按部就班、看似平坦却漫长的晋身之路来说，他更喜欢凭借自己的灵性自由自在地干事业。

坐在并不起眼的"二少庄园"小饮店里，看着形形色色的路人匆匆而过，他开始琢磨怎样才能让路人驻足。从店铺的 LOGO，到每一张海报他都精心设计，更重要的，是在饮品上下功夫，不仅要让路人解渴，更要动心。因此，对于饮品，他坚持每一杯都自己调制，在杯中注入独特的心思。

一天，伏案执笔的他灵光一闪，文字和水的温柔，可不可以打碎顾客心中的坚石？机缘天定，恰好他上网看到一个"10% 先生"的漫画作品，作者是北京科技大学一个叫胡娜的女生，她将"10% 先生"定义为：他看起来大概比我高 10%，我二十多岁遇见他时，他的年龄也恰好大我 10%，

他的薪水比我丰厚不止10%，饭量更是盖过我不止10%，他的知识面永远比我多覆盖10%，连人际圈子都比我广泛10%，我欣赏他的体贴懂事，他会比我安排多10%的时间去尽孝心，他爱我更是要比我爱他还多10%，关键是他看起来还要比我主动10%，生命力也必须要比我持久10%。

他想，哪个女孩不愿寻来这样一位"10%先生"？在对的时候遇上对的10%，是爱恋时的一种渴望。

灵感来自一念之间，他决定把这"10%先生"搬上柜台。他联系上了胡娜，胡娜说："好呀，等你们设计出'10%先生'的故事，我会找机会来南京，如果还有其他好的故事，我也会帮你们用漫画表现出来。"

他开始构思"10%先生"情侣手工饮品，怎样才能完美地传达清澈、温情的恋情？他和搭档用不同的材料做配比，奶茶、抹茶、酸奶、果汁、咖啡……试了十几种材料，最终确定男生款是蓝色伏特加果冻酒，女生款是玫瑰冰冻乳酸饮。男生杯里面有晶莹透亮的伏特加果冻，女生杯里有他们自制的玫瑰冰球；女生杯的饮料是粉色的，粉得温暖；男生杯的饮料是蓝色的，蓝得深邃，杯宽且深，饮料高度正好比女生杯多出10%。

"10%先生"情侣饮品出来后，光顾小店的人立马多了起来，而且与日俱增。"10%先生"每杯在15元左右，他特制的玫瑰冰球是限定的，一天只做24个，但每天不到下午就卖光了。他在店门口挂上了广告牌：你的10%呢，味道如何？画的卖的都是俗物，个中滋味，你只有品尝过才能体会。

此后，他的灵感如地心涌出的泉流，源源不绝，创意也越来越多。一天，他正专心致志地调制冰饮，一个女孩打来电话，问他能不能为她男朋友调制一杯特别的咖啡。原来她男朋友毕业去了上海，而她独自待在南京，时间久了，她怕男朋友会忘记一起走过的日子。他便把这个故事以清新的笔调写下来，打印在纸上，然后手磨了一袋特制的咖啡粉，只要冲泡一下，就能泛起甜蜜的味道。他把故事和咖啡配方一起交给女孩，说："这是给你特意定制的咖啡，名字就叫执子之手吧！"

这个故事立马就在微博上流传开来，来定制"执子之手"的情侣一波接一波。在他看来，定制杯中故事真是一个不错的路子，没有地域限制，发个微信或微博就可以送货上门。与此同时，他更愿意顾客定制自己的杯中故事，希望他们把心情文字和画作留下来，让更多的顾客分享可心的幸福饮品。

一天，南京水游城繁华商圈内的一家店铺老板找上门，问他愿不愿意在同一个店铺里搭伙吸引人流，老板卖的是手工肉脯，他卖创意饮品，搭伙的话，租金优惠不少。他很奇怪："我这个小店没多少名气啊？你是怎么知道的？"老板说："我考察了很多街道的饮品店，再综合多方意见，就你们这家最有特色，在白领中的口碑也最好。"

没想到，自己的小店在南京城也有了一定的名声，"二少庄园"成贤街店每月盈利已经上万了，但能向更有潜力的地方发展，他可不想错过这样的机会。就这样，"二少庄园"的第二家店——水游城店很快开张。

炎热的夏天，顾客很容易进店买水。但在冬天，要让顾客走进小店，并爱上手工饮品并不是一件易事。他和搭档固然可以像其他店一样卖热奶茶或热咖啡，但那终归是没有特色的，无法让大家一下子记住"二少庄园"，并一再前来。

创意，又需要创意。在短暂的茫然之后，他看上了鸡尾酒果饮。

几天后，他从一款游戏中找到了灵感，把七种酒精果饮命名为"希腊神话"系列，在柜台上一字排开，配以不同颜色和形状的杯子，气场一下子就凸显出来。例如一杯林中仙子——贝尔蒂丝，以龙舌兰和薄荷力娇酒为基底，淡淡的薄荷香气让人联想到郁郁葱葱的森林，其清甜的口感将龙舌兰的甘醇衬托得更加优柔。一杯孔雀明王，没有解说，你很难想象这是一杯啤酒，自下而上的色彩拉伸，体现不同色系间的完美自然转换；亮蓝与金黄的交融，是"孔雀明王"最贴切的表达。

"希腊神话"系列出来后，吸引了很大一部分不爱喝饮料的购物族。

甚至有酒吧的老板跑过来，问能否把这个系列的酒精果饮弄到他们的店里去卖，于是他又多了一个盈利的渠道，授权技术给酒吧，让"希腊神话"卖得更火。

随后，好消息接踵而来，外地客商听闻"二少庄园"产品的名气后，多有加盟的打算。由此，他完善了健康茶饮、花果茶、咖啡、奶茶、酒精果饮等共计90余种创意产品的配方，决定开放加盟渠道。

就这样，在短短一年时间内，他的人生梦想通过他的街头小生意一点一滴地付诸实施。他叫向孙祖。在世人心中，他以"舍大求小，创意立业"起步，一不留神，就将街头小生意闹了个"活色生香，风生水起。"

魏坤琳的科学态度

　　江苏卫视推出国内首档科学励志节目《最强大脑》，在这个一味将歌星、影视明星推举到至高无上地位，而忽略甚至遗忘了科学智慧的时代，无疑是震撼人心、具有开创意义的一大举措。通过这档节目，我清清楚楚地看到，在人们的内心深处，依然埋藏着对科学智慧崇拜景仰的火种，这个火种，一旦点燃，就可以燃起人们崇尚科学、尊重科学、发掘潜能的熊熊烈焰。

　　在这档节目中，魏坤琳成了儒雅、睿智、智慧、理性的代名词，他"冷面判官"的形象拉足了"仇恨值"。节目中，他打分极严，2号选手黄华珠、3号选手赵越虽然引得了全场观众起立鼓掌，但最终都没有得到魏坤琳的认同。他认为：既然节目对我的定位是科学评审，那么，我的职责就是要把不符合最强大脑标准的脑力技能，毫不留情指出来。

　　魏坤琳多次强调："科学是我评判的唯一标准。"这种不折不扣的科学态度，不能不令人折服。因为太过理性，魏坤琳的态度动辄就会引起现场嘉宾、观众的不满。但只要冷静下来一想，你就不能不对魏坤琳表示理解和支持，因为《最强大脑》节目选择的是最强大脑，它将要代表一个国家与世界角逐，作为评判人，必须有一个理性的评判标准。这个标准与技能无关，与情景感动状况无关。所以说，魏坤林坚持己见，用客观公正的态

度去评判，不受感性思维影响，是值得肯定的。

为什么要打出这样的分数，作出这样的评判，魏坤琳在节目中都给予了说明：如"超级找茬王"郑才千的视觉灵敏度异于常人，他拥有强大的深度知觉能力和图像稳定能力；"千面师奶"李玉娟的面孔识别能力，连计算机都望其项背。相比之下，"辨音美少女"黄华珠在一心二用中，体现得更多的是数字记忆力，但这个记忆难度通过训练，并不难达到；而赵越在挑战中，将空间记忆幻化成了动作记忆，所以挑战的记忆难度也不高，更出色的部分在于身体感知能力。

当然，魏坤琳在台前的表现，也有感性的时候。如当吴天胜凭借指纹识别陌生人，他超强的脑功能也让终极裁判魏坤琳直呼："这功夫太变态了！我几乎有按捺不住为他爆灯的冲动。"但这种感性，绝不会出现在他作出评判的时候。

魏坤琳从小是学霸级的人物，博览群书，涉猎甚广，智商高达 140，成绩一直名列前茅。在美国读书时，因为喜欢问为什么，被德国老师直接叫 Why（英文名字本是 Wey）。尽管他是个脑力达人，但自认不像《生活大爆炸》里的任何一个——那么 Nerdy（书呆子）。他除了在实验室，也很喜欢滑雪、潜水、冲浪等。且不说魏坤琳的智商是不是超乎常人，但有一点是不置可否的，他具备了求真务实的科学态度，他的专业气质足以让众人倾倒。

作为《最强大脑》的科学判官，他的背后，有一个庞大的专家顾问团，正是有了他们的支撑，他才可以在科学分析的基础上，严谨而理性地对选手们的脑力展示给予打分。他打分的时候，虽然很冷血，虽然很无奈，但始终以严谨的科学态度，坚持了最强大脑的标准。

上帝打开了一扇窗

　　周玮从小就被诊断为顽固性低血糖及智力发育低下，但他却拥有等同于电脑的心算天赋。他的心算天赋，将"上帝为一个人关上一扇门，也开了一扇窗"这句话诠释得淋漓尽致。江苏卫视《最强大脑》节目，恰逢其时地为中国当今社会开了一扇窗户，它让我们惊喜地看到，在中国，也有爱因斯坦和霍金式的人物存在。

　　同此前这个节目中出现的所有超级天才相比，周玮那外在和内在的极度反差，更能够带给人们心灵的震撼。因为周玮的生命是在不断地遭受外界的嘲笑、冷眼和质疑中走过来的。一名生活不能自理，在旁人看来有些呆傻、低能之人，却可以在极短时间内解开常人无法想象的难题，这样一个天才的出现，没有不令人震撼的理由。从他的身上，我们感知到，在人类生活中，每一个个体都是值得我们尊重的，任何人都没有资格凭借自己固有的认知范围，对他人冷嘲热讽，否则，只会让自己显得可笑、可怜、无知。

　　在《最强大脑》的舞台上，魏坤琳是冷静的，但在真正的最强大脑出现时，他内在的情感在刹那就被激活了。他也会心潮澎湃，也会语无伦次，也会不再淡定。甚至给出了带有情感热度的满分——10分。在节目现场，

魏坤琳这样评价说："他是完全意义上的天才，外界的教育不仅没有给他任何的加分，还要面对别人泼来的脏水，往钻石上撒灰！"是啊，真正的英雄都是孤独的，因为在他们身边没有同类。

有人说，他写答案的速度，是因为做旁听生时写太快会被欺负的缘故。可见，世俗生活中，我们曾经对多少天才做过可怕的事情，多少天才又被凡夫俗子一不小心就扼杀在摇篮里。面对周玮呈现在我们眼前的，神一般的才力，谁有理由不震撼呢？谁有理由不激动呢？谁有理由不心酸呢？我们的社会，如果将对歌星、影视明星的狂热度、关注度、认同度的1%放在周玮之类的人身上，整个人类社会得到的收益该当有如何丰厚、如何的不可限量啊！

在这样一个来自民间的、属于最卑微个体的最强大脑面前，"冷面判官"魏坤琳也抑制不住内心的激奋了，他右手按在心口，以宣誓般的庄重和神圣，说出了极具哲学意味的一句话："不是所有的人都有最强大脑，但最强大脑可以存在于最卑微的个体中。"

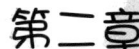

第二章

成败取决于人生的一个闪念

也许，

人生的痛苦还会延续，

但你已经拥有穿越冷寂昨夜的经历，

就算明朝，

有再严峻的寒流，

但你信心满满、

积聚着顽强抵抗力量的人生，

又有什么困厄和天堑可以阻挡？！

一　念

　　一念，或感性，或灵动，或私欲，或邪恶。它总在刹那之间呈现出来，或如星光乍现，灯花绽开；或似雷鸣电闪，骇浪惊涛。

　　一念，可以产生智慧火花，可以燃成欲望焰火；可以决定成败，可以左右善恶；可以改变人生，可以创造奇迹。

　　浮泛于脑海中的一念，可以让人步入顺境或逆境，希望或绝望；让人自励或自弃，宽容或怨恨。可以让人在执着与选择之间，学会取舍；在理性与感性之间，学会掌控；在得到与失去之间，学会知足；在烦恼与快乐之间，学会权衡；在天堂与地狱之间，学会面对。

　　美好的闪念，可以拓展人类生存的空间。袁隆平发现水稻的雄性不育株，就是因为头脑中的一个闪念。他在实验田里发现了一株籽粒特别大、特别多的稻穗，原本想作为优良种株进行扩大繁殖，不料第二年种出来的稻子高的高，矮的矮，完全没有一点优良种性，他坐在田埂上伤心地望着那些试验品。就在这时，他脑子中"闪"出一个念头：这不是正好说明自花授粉的水稻也存在"杂种优势"吗？就是这一"闪念"，打破了世界性的自花授粉作物育种的禁区，产生了水稻杂种优势利用的想法。磁电转换，是由法拉第的一个闪念而成。法拉第偶然发现一块磁石从带电的线圈中抽出时，电流计的指针轻轻动了一下，这一动，带出了法拉第头脑中的一个闪念：相对运动是磁电转换的必要条件。

也有因一念之差，造成一念之误的。现实生活中类似交通事故"让争一闪念，生死一瞬间"的剧情不在少数。复旦大学投毒案的投毒者林森浩，只是因为黄洋曾戏称欲在即将到来的愚人节"整人"，便产生整黄洋的念头，并由此实施投毒行为。平日里，他和黄洋关系一般，并无直接矛盾，甚至在他看来，黄洋聪明，勤奋好学，很优秀，只是有点自以为是。在他心中，正是黄洋的"自以为是"让他"有些看不惯"，于是产生了冷漠、残酷的"整人"欲念。

一念之私造成的过失，常常让人没有回旋的余地。一生聪颖过人的商务印书馆总经理王云五，在战乱频仍的年代，像胡适、张元济、邹韬奋等许多知识分子一样，力求保持无党派人士身份，旨在坚持独立人格，同时避免为各方政治势力裹挟。1949 年前后，许多知识分子面临人生的重大抉择，在国共之间，已经没有了选择余地。抗战一结束，王云五辞去商务印书馆总经理职务，直奔南京，投身国民政府。后来他在回忆文章中，对自己迈入国民政府这一步，多有悔意，承认当时的决定是"一念之误"。正是那"一念之误"，使他失去了坚持自由主义的人生原则；也是那"一念之误"，使他在后来的金圆券事件中丢尽了脸；还是那"一念之误"，使他失去了原有的中立性，丧失了人生转圜的余地。在"国民党战犯名单"中，王云五的名字赫然在目，高居第十五位。

王国维解读贾宝玉，认为"玉"乃生活之欲。王云五迈入国民政府有如贾宝玉误入红尘，自以为是"一念之误"，只有在与和尚晤谈后，才彻悟人生一切的不幸，是由自己的欲望造成的。

一念，可以是一念之智，一念之善；也可能是一念之欲，一念之私。不同的人生闪念，让人置身于不同的人生境地。一念，可以改变自己，也可以改变他人，甚至改变整个世界。

圆月之善

一场暴风雨过后，成千上万条鱼搁浅在海滩上，一个小男孩每捡起一条，便送到大海里，他专注地一条一条地捡着。这时，一位老人恰好路过海滩。他对小男孩说："你一天也捡不了几条啊！"小男孩一边继续专注地捡着，一边回答："至少我送归大海的，它们又得到了生命！"老人顿时为之语塞。

这是一个关于人性善的故事，它让我们看到了圣洁的善良，是那么轻而易举地，就堵住了世故的唇舌。

想着这么一个故事，置身幻动的城市灯影里，走在垂柳拂水的岸边，抬头间，看见了天上那轮圆月，闲闲的，静静的，悄无声息地游走，真切宁馨地倾泻，给人以散淡的闲适，予人以祥和的抚慰。圆月，以善柔的光芒抚慰世人，抚慰天下万物，营造着天上人间的善意之境。这善，广阔，博大，深情，公正，公平。不知不觉中，灵魂就得到了浸润涤荡。

自古至今，先哲圣贤莫不是以"兼善天下"为己任的。修身，独善其身；处事，心存善念；待人，与人为善。善，是大爱之境。雨果说："善良的人，几乎优于伟大的人。"有了善的存在，纷扰的尘世，便可以变得美丽明媚。向善存善之境，与身世无关，与贫富无关，与年龄无关，它永远拥有巨大的、不可遏阻的心灵震撼力。

我们所处的世界，有风和日丽，也有雾霭阴霾；有美丽温馨，也有丑恶炎凉，所有这些，其实都是个体的人在不同环境下，不一样的心灵感受。人世间的事情，就像一块胶泥，每个人都是雕塑家，把这块胶泥塑成美女还是丑汉，全由心情而定。世界可以改变，变成什么样子，取决于身在尘世的芸芸众生。所以，奥黛丽•赫本说："如果你想红唇诱人，请说善意的话；如果你想明眸善睐，请看别人的优点；如果你想身材苗条，请与人分享食物；如果你想秀发飘飘，请让孩子每天用手指梳理一次；如果你想仪态优雅，走路时要时刻想着：你不是一个人，有一群朋友在关注你。"

心存善念，给他人多一点关爱，如圆月一般，照亮别人的同时也照亮自己，这个世界才会变得美丽可人。与人为善，以善柔的光芒，拂去心中的尘埃，不计前嫌，不积小怨，才会拥有满月般的包容之态，才会襟怀坦荡，积健为雄，豁达超然。

圆月之善，在于它自身虽然处于巨大的孤独中，但不管内心有多少坎坷不平，始终能够以不偏不倚的姿态，普照人寰，把爱传递，将善延续，让人世间充溢永不止息的圆满，明亮，温馨，安谧，友爱，和美。

世间最贫穷的人

相传，澳洲某家首屈一指的合资银行大厦门口，常常可以看到一位穿着破烂衣裙的老妇人出入，旁人大多对她报以异样的眼光。殊不知，她却是这家银行最大的股东。她的钱很多，按现代人富裕生活的水准，就算不作任何投资，也足够她花好几辈子，可她却是一个出了名的吝啬鬼，因当地所有固定资产都需要交纳税金，所以，她没有属于自己的房屋，长年累月投宿廉价的旅社。

她有一个独生儿子，是她唯一的财产继承人。可儿子年少的时候，无意间腿被碰伤，她却舍不得花钱给儿子疗伤，也不管是否对症，只是随便抹了些外用药。后来，儿子伤势加重，伤口溃烂导致严重感染，终于瘫痪卧床，不能行走。无奈，她只好将他送进医院。检查后，医生对她说："必须给孩子截肢，否则会有生命危险。"就这样，她的宝贝儿子成了残疾人。

我们的生活中，总有那么一些有钱人，自以为自己是最富有的，但他们失去了普通人所拥有的快乐之心、真诚之心、友善之心、关爱之心，他们只有永无止境的占有欲。他们不关注生命，他们的精神世界极端贫穷，就像这位老妇人一样，自己舍不得享受，对亲人同样吝啬，更谈不上对他人有什么善举，应该说，这样的人，是真正穷得只剩下钱的人了。

佛经上有个故事：一位善生长者，他要将世界上最稀有、最宝贵的金盒子送人，但是他要送给世界上最贫穷的人。许多贫穷的人听到了这一消息之后，就千里迢迢来找善生长者，他们都说自己是如何如何贫穷，所以自己应该是金盒子的得主，可这些贫穷的人把话讲完之后，善生长者却对他们说："你们都不是世间最贫穷的人。"

每一个贫穷的人来，善生长者都如是说。那么谁才是世间最贫穷的人呢？所有来人不由得心怀疑窦，不约而同地问善生长者。善生长者于是告诉他们："你们都不是最贫穷的人，最贫穷的人是有钱不会用，不会照顾社会大众，不为他人谋福利的人。"

一个人，拥有不计其数的财富，但对谁都不愿意施舍，就是世间最贫穷的人。世间最贫穷的人，并不是那些没有钱的人，而是对芸芸众生缺少人生关爱，失去了最朴素、最真诚的人生理念和人格意志的人。

面　壁

一

面壁而坐，独自咀嚼橄榄果泡出的忧伤。垒一堵心灵的高墙，所有质感的画面，涂写着灵魂的追问，生命的苍凉。形形色色的人生，在心之田畴，总有爱或恨的情愫在默默滋长。

穹空无界，银汉迢迢，梦一般星罗棋布的星斗，如千年之谜，难以破解；山一重水一重的云海，预示着永无止境的走向。

淡泊的人生，因淡泊的心境而持久；寂寞的旅途，将执着的旅行者的心灵，磨砺得愈发敦实强壮。

二

独自守在心灵的路口，以含蓄的姿势向某个方向张望，狂热的年华拥有多少狂热的梦想？痴心牵情，仅有骄阳的热度，没有活泛绵延的流水，又怎能为前缘摆渡？

一种选择，是你，在心之一隅为我启程。然而，就在一刹那，*丝丝凉意间*，树叶的手掌摩挲着，它们不是为我欢呼，更不是为我舞蹈，那只是一种下意识的生命颤动。我知道，在现实的走向里，你的船帆，不会向我驶来，你可以朦胧地给予，绝不会清醒地付出。

我依然没有觉醒，依然静静地等待，就算千年，也要静静地等到你的船帆，在我视野出现的那一刻。

三

坐在河边的洗衣石上，想想逝去的年华，柔柔的水滑过脚踝，也静静地、轻轻地滑过裸凸的滩壁。夜已沉寂，你的梦境也许如夜沉寂，没有沉寂的只有我的思绪。

河水湍急处，水花飞溅。那是童年的幸福。抬眼间，淡白月色里，我分明看见一点闪烁的萤火，它点燃了爱的记忆，也点燃了我对你的思念。情爱的峡谷有多长有多深，没有人能告诉我，但我相信，在那儿，总会有心灵的流萤飞舞。

真爱，是天边孤苦的星辰，谁能解开它的欢乐和痛苦？不管你愿意，还是不愿意，它都一如既往，闪烁在一个人的心里。

四

人生的孤苦，大抵只有自己解读得清。痛苦也好，欢快也好，都是一只游移不定的兔子，去了又来了，来了又去了，从什么地方到什么地方去？也只有自己明白。黯然中，一对绿莹莹的眼睛望着我。梦境深处，潺潺的水声划过头顶。

走进清新的早晨。清亮的晨曦，清新的空气，清脆的鸟鸣……一切的一切，开始变得欢快，所有的宁静，打开了喧腾的闸阀。翡翠般的荷叶，疏密有致地排列着，那朵红玫瑰，插上了你的鬓角，飘上了你的双颊。挥袖之间，朦胧的不再朦胧。

五

什么时候，心灵不再孤苦寂寞，只有你知道。一阵清风吹过，远远地，传来一声声嘹亮的鸽哨。

一个瞬目的日子里，鸽群飞起来，一点一点，消逝在山尖苍茫的尽头。

也许，人生的痛苦还会延续，但你已经拥有穿越冷寂昨夜的经历，就算明朝，有再严峻的寒流，但你信心满满、积聚着顽强抵抗力量的人生，又有什么困厄和天堑可以阻挡？！

生命的河流

一

我是红石河养大的。对于红石河，我拥有不可颠覆的记忆。

常常在夏日骄阳下，我仰躺在河面上或河边的沙滩上，像躺进梦中的摇篮，轻轻荡漾。这时候，我看见的，是蓝天高远，白云纯净；听见的，是红石河在熟稔的乡野梦一样静静流淌。

有谁会在意这样一条河流？她是那么平凡，那样朴实，在地图上难寻她的踪影，在故事中难觅她的章节。但是，正是这样一条河流，常常将我拉回对故乡的思念里，让我在悲悲喜喜的生命旅途上，一次一次昂然起步，一次一次抵达灵魂的家园。

二

在永无止境的梦乡，我一次又一次听到红石河河水流淌的声音。

她在我的心底，演绎甘苦。她深入我的想象，春暖花开。她流淌在时光深处，引领我一路走来，让快乐盈溢，诗意弥漫。

她是清亮的一泓，以爱的本源流向生命的舞台。她凝聚了思想、热情，

承载着梦想、追求，涌动着丰富斑斓的人生色彩。

她以她的澎湃和激越，滞重和困惑，平静和从容，在我的心头不倦不怠地播撒"上善若水、宁静致远"的儒家理念。

三

她自崇山峻岭流出，平日里，清纯宁静，柔若丝带，飘拂在美丽的怀想里。潮汛来时，也会表现出十足的野性，一种汹涌的浑黄，肆虐着田园，肆虐着平静的生活。

曾几何时，她流淌着浑浊的贫瘠与痛苦，流淌着不息的心酸与叹息。她从祖辈的记忆里流到今天，流到春风吹拂的时代，流溢成青春勃发、非同寻常、万象更新、幸福甜美的生命画卷。

时空无垠，人生有限。置身时光尽头，人情冷暖，是是非非，一切显得那么的微不足道。静静坐在河堤上，我看清的，是一个人晨钟暮鼓的宿命，是一条河流春来秋去的变迁。

生命总在轮回，喧嚣浮华总会成为过眼云烟，一条河的走向就是生活的走向，它再平常，也拥有百折不挠的，化解生命苦痛的智慧和信念。

生 命 树

一

成熟之美，缘于沉静。

患得患失不是成熟，忧愁寡断不是成熟，顾影自怜不是成熟，朝三暮四不是成熟。虚伪不是成熟，狡诈不是成熟，软弱不是成熟，强硬不是成熟，还有怀疑不是成熟，深信不疑不是成熟。

刚柔相济可谓成熟；随机应变可谓成熟；热爱生命可谓成熟；不懈追求可谓成熟。

成熟而淡漠处世，则会一无所求；成熟却圆滑世故，最易敷衍正义；成熟而工于心计，终将背离真理；成熟却远离人尘，难免终身寂寥。

太不成熟的人让人放心不下，太过成熟的人教人心存敬畏。

成熟的男人有两种：要么为心中的事业果敢地死去；要么为心仪的事情屈辱地活着。

不太成熟的女人，最易步入温馨情感的港湾；太过成熟的女人，一不小心就会无言漂泊在两性情感之外。

二

人生旅途，携伴而行也好，寂寞独行也罢，免不了多梦多愁，多风多雨。

苦苦追求的人生景观，总不如想象中那样辉煌绚丽。人的一生，有谁，能不遭遇曲折逆境？又有谁，永远只有得意，没有失意？面临逆境，面对外在的清冷和内在的孤寂，有谁，可以保持永久的沉默？

人生旅途，有平静时的喧腾，也有热闹后的冷寂。爱的波涛在一浪接一浪汹涌之后，或许，收获的，只能是无言的结局，挥别的，只能是美丽动人的故事。然而，再长的路，都有尽头，再沮丧的心，都会有希望。在日历枯叶般飘落的时候，在人生经历了失落的迷惘和失意的怅然之后，谁能断言，以后的路，只有永远的失落？永远的寂寞？

默守心灵的孤寂，接受生活的际遇，甘于寂寞，甘于在寂寞的天地里耕耘的人生，终会有精彩美丽的时候。

三

谁都会有无法向人言说或不愿向人倾诉的忧愁。这一己忧愁是很难根除的。因为它藏得太深，深得多数人没勇气将它掏出来。它无形，像风，扯乱你的衣襟，吹散你的头发，使你无法拥有闲适的感觉。你看不见它，却又分明觉得，有一只手伸过来，揪你的心，使你有隐隐作痛之感。它不对你说话，却制造无休止、无边际的喧腾覆盖你、碾压你、针刺你。它缠绵，让你寝食难安，日见消瘦。它不怜惜你，总在你不快乐、不顺心的时候拥抱你，但无论如何不能拯救你。

如果说，一个人，对生命还有些珍惜，对生活还抱有希望，还要爱，还要创造，还要留下深深浅浅的脚印，最重要的，就是牵着思想的马，远离困扰，走出忧愁。可以在面对大千世界生出诸多联想时，挥洒心灵的感受，理智而温馨地生活在自己编织的文字里。可以用心倾听，用真诚注释，不必给自己围起过密的篱墙，不必有太多的设防。

人生旅途，都需要关怀和鼓励，理解和抚慰。生活，是广阔的，需要有勇气走过自己需要面对的一切现实，付出光洁灿烂的微笑。很多事，很多情，需要的是一个人投入，而不是固守太多的忧愁。

四

流水似的日子，漂白着我们的黑发，销蚀着我们的容颜。时光之手，一刻不停地掠夺着生命的绚丽，在身前身后，留下沧桑、贫瘠、清冷、荒芜。黄昏斜照的驿道，你可曾见过，蹒跚的步履？可曾听过，迎风的叹息？那些风中消散的靓丽，那些哀婉和苍凉，是何等的教人迷离。

人的一生，也许注定要接受很多个低落的今天，但不能因此就以为永远走不出人生低谷。要相信，有很多个今天，等待我们去好好把握。今天的打拼，也许很累、很无奈。但只要不放弃，今天，在人生的章节里，就一定会透露出迷人的韵味。

胸怀梦想是必需的。但最重要的，是在现实生活的激流中，把握今天。把握今天，应记住这么一句话：昨天是神话和传说，明天是文学和艺术，唯独今天是金子。

五

痛与爱相加，是痛爱。痛爱究竟是什么样的爱呢？

一对异国恋人在茫茫雪域中与外界失去了联系。几天过后女孩的身体十分虚弱，男孩不知从哪里找来一大块肉，依靠它女孩渐渐恢复了体力，直到搜索队找到他们。女孩活着离开了，男孩却永远留在了那片冰天雪地之中。回去之后女孩将剩下的一小块肉拿出来，经过人们的鉴定，发现它是男孩从自己的腿上切下来的。后来女孩结了婚，再后来又离了婚。原因

是她的丈夫指责她总在睡梦之中喊一个男孩的名字。

一种自然而然将生命完完全全融入对方灵肉之中的蚀骨之爱就是痛爱。这份爱是建立在悲伤、苦楚基础上的，一想起来，便会痛彻心扉，痛不欲生，它真切地烙在记忆中的每一个角落。这份痛成为生命中的客观存在，它是通过来自彼方的爱才完成的。没有彼方的割肉之爱，就没有这份生命中的铭心之痛了。

有爱方有痛，有痛便有爱，痛与爱总是揉在一起的。彼此相爱的人在遭受生活不幸的时候，总愿意留给自己的痛更多一些，留给所爱的人的痛更少一些。一种痛叫死亡，另一种痛叫思念。死亡与思念便是痛的两端，爱的两极。在别无选择的时候，将死亡留给自己的人，是懂得痛值得爱的人；在死亡的关口上走过的人，最明了痛爱的含义，所以才能够在漫长的一生一世里，将思念时时刻刻存留心中。

爱了便爱了，痛了便痛了。不管是因爱生痛还是因痛生爱，在彼此相爱的两个人的世界里，都是一种让天地为之动容的承担。爱是无悔，痛是无怨。痛与爱相加，所构架的，是两人世界无怨无悔的情爱。

六

不同的生命场景，孕育不同的笑声。动人的笑，幽默的笑，调皮的笑，热闹的笑，自豪的笑，骄傲的笑，痴呆的笑，顽强的笑，诡异的笑……

优美的笑自然而然，诚挚的笑发自内心，快乐的笑热切饱满，幸福的笑甜甜蜜蜜。高兴时眉开眼笑，彻悟时会心一笑，害羞时低头含笑，得意时扬眉大笑。

有些笑是含泪的，有些笑是难为情的，有些笑是悲哀的，有些笑是无可奈何的。有些笑中气十足，有些笑绵里藏针，有些笑让人捉摸不透，有些笑教人莫名其妙。

罪恶的笑，一旦出现在生活中,常意味着会发生灾难和不幸。狂笑可憎;

嘲笑可怕；淫笑可恶；冷笑残酷；狞笑阴险；奸笑恶毒……

哭过100次后，能够第101次笑出来，这才是有弹性的迷人的生命。一个在风雨中跌倒过、失落过、痛哭过的人，走过风风雨雨后，他绽放的笑，是生命中最美丽的花瓣，不仅收放自如，甚至可以用心触摸，这才是人的一生最值得珍视的。

七

一不经意，时光便从发梢、从指缝间、从皮肤的皱褶里，匆匆而悄无声息地流走了。

生命的火炬，终究有燃尽的一天，谁也无法避免。然而，作为个体的人，绝不能因此悲观颓丧，重要的，是要站在理智的堤岸用心审视，学会珍惜，学会驾驭生命之舟。

"逝者如斯夫，不舍昼夜。"从小，我们就接受了先哲的教诲。"一寸光阴一寸金。"其实，生命的宝贵又怎好用黄金去衡量？生命本身就让人生富有而充实。

人的一生，难免经风沐雨，难免遭受屈辱、困苦、挫折、磨砺。凡有缘进入我们生活的，终会成为构架我们生命的元素。

如果说，时光，是一条河；那么，生命，就是一棵树。生命之树，总在不断地汲取，也不断地被支付着。它像月一样阴了晴，圆了缺；如潮一般离了合，涨了落。

它的头顶，有和风细雨，也有狂风暴雨；它的脚下，有微波轻澜，也有浊浪汹涌。

不管怎样，生命的根——理想、信念、意志，总在不为人知处默默拓展，奋力延伸。这便是生命树，纵然日渐凋零也能含笑面对，即使屡遭磨难也要延续一生。

人生向上走

一

纯真的光景，错过的，常常是纯真的心境；物是人非时，才懂得怀念和珍惜。一旦放弃，就没有理由去后悔；唯有放下，才是完满的结局。没有过不去的坎，只有安不稳的心；心情一变，世界就是另一种场景。许多看似铭心刻骨的记忆，在他人生命中，不过就是烟云一般。

二

孤独寂寞时，不妨以山川河流为伴，在草木的香醇中发呆，在空气的清新里驻足。如果看到前面有阴影，那是因为背后还有阳光；如果看到前面有阳光，你头顶的，一定是蓝天一片。要相信，人生只有走出来的美丽，没有等出来的辉煌。

三

有时候，抉择很难。但很多情况下，我们借助一枚硬币，就果断地作出了抉择。这之前的纠结，也许很漫长，漫长的纠结缘于在孰轻孰重间，难以取舍。如此一来，最难抉择的，往往变成了最容易选择的。一旦选择，就当付出最坚韧的努力。一个人，可以不为选择后悔，但不能不为不够努力而后悔。

四

脆弱的人生，因为没有安全感，因为太在意，所以害怕失去。害怕失去，所以不敢拥有；害怕欺骗，所以不敢相信。无论如何，就算世事变得多么不堪，在不远的地方，总还有一些美好，不懈不怠地照拂在我们顽强的生命中。

五

有的人对你好，是因为你对他好；有的人对你好，是因为懂得你的好。不要埋怨别人让你失望，那是因为你自己期望太多。得到，不是幸福的定义；能够分享，才是幸福的真谛。幸福的人生，有三种姿态：对过去，淡然；对现在，珍惜；对未来，笃信。幸福很简单，有如一个傻瓜牵手一个笨蛋，引得无数人羡慕和妒忌。

六

学会顺势而为，记住该记住的，淡忘该淡忘的，改变能改变的，接受无法改变的。不要为自己的选择后悔，无论以前、现在还是将来，你需要的，是付出勤勉，开启智慧。当你学会放手时，你会发现，自己已经拥有很多。

七

时间，是距离也是宽恕，让一些怨怼化解，让一些感觉清晰，让一切动荡归于平静。岁月，改变着我们的容颜，让我们一天天慢慢老去。在这样一个过程中，你会发现，保有一颗未泯的童心，永葆向上的姿态，是多么明媚，又是多么美丽的事情。

叩问自己的内心

与朋友闲聊，他说起了自己的小时候：那时候，他的父亲固执地认为，只要学业、事业成功，牺牲什么都在所不惜。不仅不许他做家务，也非常反对他交朋友。说那些事都是在浪费光阴，会让他变得没出息。因为父亲的调教，他为学业、事业付出了不同于同龄人的努力，将所有时间都放在了与前途有关的事情上。那时候，他若是偶尔和朋友玩耍、闲聊，就是父亲不责备，他自己也会觉得过意不去。

父亲常告诫他："一寸光阴一寸金，寸金难买寸光阴。"就这样，他尽心尽力做好父亲希望他做的一切事情，开始离群索居。然而，怎么也意料不到的是，因长期缺少锻炼导致的身体不适，让他在高考考场上失利，终于没能走过心仪已久的那座桥梁。

这以后，家庭温馨荡然无存，只剩下因生存竞争所带来的压抑。他常常不得不面对父亲的贬损、母亲的叹息。时深日久，他已经不再眷念亲情、友情、故乡，厌倦了父母的唠叨，觉得自己生不逢时。一气之下，他远走他乡，执意要闯出一番事业。

十多年过去，栉风沐雨，他在一番打拼后竟然也小有所成。但是，在他看来，得与失比较，真的不值不合算。为了工作，他失去了固有的灵性，甚至在有意无意中，将家庭、朋友、健康这些生命中重要的堡垒完完全全置之脑后。

缓了口气，他对我说，当人只追求外在的成就时，内心的情感世界就会封闭。现在看来，工作也好，事业也好，不过就是过往云烟，并不能给人深刻持久的快乐。现在想想，就算失业降职，就算工作受挫，只要还拥有珍贵的情感，就依然拥有人生的幸福。如果一味以博取功名、置身高处为快乐，这种想法是幼稚的，愚蠢的，不足取的。人的一生，如果将财力当作追求虚荣的桥梁，把自己当成做事的工具，就会作出难以回头的错误决定，在得失之间挣扎煎熬一辈子。

外在的光鲜，可以在一定程度上左右一个人看待事物的目光，决定一个人的处世行为，但绝不可能改变一个人内在的修为。人，最需要明白的，是自己需要什么，不需要什么。要想获得持久的快乐，就要经常叩问自己的内心，在获得内心的回应后，以行动不断弥补存在的缺憾和不足。

内在的情感，不是缘于一朝一夕的凝聚，倘若因为不经心而散落了，流失了，就算可以拾拣，也无法回到原有的状态。

给心房透一道光

一位身在异乡漂泊的青年才俊，四处寄信求职，但都石沉大海。

一天，他收到了一封回信，回信人斥责他没有弄清楚该公司所经营的项目就乱投求职信，指出求职信中词不达意，语句不通，并借此将青年好好羞辱了一番。青年虽然有些沮丧，但他觉得这是别人给他回的第一封信，证实了他的存在，而且回信人在信中的确指出了他的不足。为此，他心怀感激地回了一封信，里面对自己的冒失表示了歉意，并对对方的回复和指教表示了感谢。几个星期后，青年得到了一份合适的工作，录用他的正是当初回信拒绝他的公司。

假如这位青年当初看了回信后，因没被录用反被斥责、嘲笑、羞辱而抱怨，结果又会是怎样呢？也许只能继续四处求职。而这位青年却做了一件常人都能做到，但没有谁想过要去做或很多人都羞于去做的事。那就是接受别人的指摘，看清自己的不足。正因为这样，他才很快获取了工作的机会。

我们的生活中，很多人在有意无意间，就患上了自闭症，一遇到不如意的事情，总是一味沉浸于这种"不如意"之中，将光明和阴霾一股脑儿地拒之门外，这样一来，越来越灰暗的心，就会陷入冷寂，陷入虚无，陷入麻木不仁，长此以往，也就无法真正感受生活的美好了。

真正强大的人，大抵都注重内在修为，无须花心思去取悦和亲附别人。但是，如果别人能给你正确的指引，就该适时调整为人处事的姿态了。这种姿态就是打开心房，给心房透一道光，以此点亮和丰富自己并不丰盈的生命。

给心房透一道光，你会发现，寻常的生活原本如此丰厚和富有，它有如一面镜子，你笑，它也笑；你哭，它也哭；你给别人以关爱和帮助，别人也会给你以关爱和帮助。这束光，教人学会驻足，学会欣赏；这束光，让人淡定处事，从容行事；这束光，给生命注入的，是活力，是智慧，是潜能，是希望。

最长的，最短的

　　法国启蒙思想家伏尔泰出过这样的谜语：“世界上哪样东西是最长的又是最短的，最能分割的又是最广大的，最不受重视的又是最令人惋惜的。没有它，什么事情都做不到，它使一切渺小的东西归于消亡，使一切伟大的东西生命不绝。”

　　后来，查利格揭开了谜底：“最长的莫过于时间，因为它永无穷尽，最短的莫过于时间，因为他们所有的计划都来不及完成。在等待的人，时间是最慢的，在作乐的人，时间是最快的。它可以无穷地发展，也可以无限地分割。当时谁都不加重视，过后谁都表示惋惜。没有它，什么事情都做不成。不值得后世纪念的，它令人忘怀；伟大的，它使他们永垂不朽。”

　　认识自己的时间，是任何人只要肯做就能做到的，可以说，这是走向成功人生的不二法门。一次，著名物理学家卢瑟福和他的助手正在做实验。他读着硫化锌的闪烁读数，对助手说：“快，把我们的读数记下来。”助手想起记录本在另一个房间，正要去拿。卢瑟福生气了，厉声叫道：“把它记在你的袖子上。”助手便真的在衣袖上写了起来。事后，卢瑟福对助手说：“真对不起，但有什么办法呢？我们的时间太紧了，若是当时不记在袖子上，我们的实验得从头再来，那样，浪费的时间就太多啦！”一个人，若有这样的时间观，焉能没有大造就？

有效利用和管理时间，能让人获得巨大成功。有一天，美国伯利恒钢铁公司总经理查尔斯·施瓦布询问顾问艾维·克："告诉我，怎样在有限的时间内办更多的事情？我会酌情付给你报酬的。"不大一会，艾维·克递来一张纸条："请写上6件必须在明天办的大事，再按重要程度编上序号，放在衣袋里，翌日一早看看第一项是什么，然后着手去做，完成第一项再办第二项，依此类推。"艾维·克同时强调说："切记每天先干最重要的事，你验证后再推广到全公司，愿试多久就试多久，最后你掂量值多少钱就给多少。"几个星期后，艾维·克收到了施瓦布给他的25000美元的支票，并说这是他得到的最为有益的忠告。采用此建议，施瓦布赚了1亿美元。

明代文嘉有诗云："今日复今日，今日何其少！今日又不为，此事何时了？人生百年几今日，今日不为可惜了！若言始待明朝至，明朝又有明朝事。为君聊赋今日诗，努力请从今日始。"清朝学者钱鹤滩亦有《明日歌》："明日复明日，明日何其多。我生待明日，万事成蹉跎。世人若被明日累，春去秋来老将至。朝看水东流，暮看日西坠。百年明日能几何？请君听我明日歌。"

是的，时间可以创造奇迹，但流水无情，它总是一去不返。只有那些懂得有效利用、科学控制、合理安排时间，爱时惜时之人，才能得到丰厚的回报。

简单的梦想

我们所处的世界是繁杂的，丰富多元的，在每个人的眼里，这个世界所呈现出的形态色泽各不相同，即便是梦想，也因人而异。

"一叶一菩提，一花一世界"所揭示出的正是简单事物中所蕴含的丰富性。无论善恶是非，均隐藏于万事万物之中。有首短诗妙极："一粒沙里有一个世界，一朵花里有一个天堂，把无穷无尽握在手掌，永世不过刹那时光。"浩瀚时空里，每个人恰似低语的花朵，所拥有的不外是永世如刹那、简单却丰富的生命时光。就自然形态来说，"横看成岭侧成峰，远近高低各不同"。就人而言，一个人只能占一个位置，一个位置只能见一方风景。高低远近只不过是外在的形态，梦想的触摸才会将它变为本真的存在。一片哪怕是在梦中经历过的自然风景，都是一个绝妙的心灵境界。

一花一叶，简单却有意味，我们的生活，若能寻找到这样一种简约的情致，内心定会自然而然进入平和境界，融入澄净之中。生命中固然有一些不能逾越的伤痛，只要我们抱着一花一叶般简约平和的心态，就能"猝然临之而不惊，无故加之而不怒。"生命的每一天又何愁不光明，不灿烂？

什么样的人，看到什么样的世界，就会有什么样的梦想。有人梦想开上豪车；有人梦想和心中漂亮的明星合影；有人梦想和心仪的偶像共进晚餐……众多梦想的存在，构架起了这个世界的丰富性。

有些人的梦想可以如愿以偿，有些人的梦想只能留在自己的梦中。曾看过一个电视节目，有个小女孩的梦想就是得到一盆君子兰。她说出这个梦想的时候，在场的人都轻轻一笑。的确，这个梦想是过于简单了。主持人出于好奇问了女孩一声："你为什么要一盆君子兰啊！"于是小女孩和主持人的对话告诉了我们这样一个真切的故事：小女孩的姥姥因病住院，她的爸爸妈妈在医院照顾。家里仅有的一盆君子兰，因没人照看，死了。在小女孩的心里，姥姥最喜欢君子兰，每天都要看上几遍。所以，她特想有一盆君子兰送给姥姥。

在场的人被感动了，主持人也被感动了。接下来，小女孩如愿以偿地实现了自己的梦想。其实，这是意料之中的事，此时此刻，无论是谁，都乐意帮助小女孩实现自己的小小心愿。如纯净天然的君子兰一样，小女孩之所以能够打动人心，是因为小女孩没有世俗的功利，拥有的是一颗君子兰一样圣洁美丽一尘不染的心。

我们所处的世界，是一个梦想的世界，它属于每个人每一天的生活中那些简单的梦想。梦想越是简单，越是不受羁绊，越能够如期实现。

博客也寂寞

有了网络，就有了博客。在当下，业余时光盘踞在博客上的人群不在少数。

因人而异的博客，在展示一个人好恶的时候，也恰到好处地亮出了滚滚红尘中那些若隐若现的寂寞表情。写博，与其说在展示什么，不如说是对寂寞一种有序的宣泄。有道是："寂寞陪我看风景，风景和我都寂寞。"博客的热闹和寂寞，谁说不是人生热闹和寂寞的轮回？

最鲜亮时最寂寞，最繁华时最清冷。是寂寞造就了博客，还是博客成就了寂寞？当我们把所感所想所思填满博客，在一种看似快意的释放之后，是不是依然有纠结于胸的失落和惆怅？网络，让最遥远的距离趋于现实，就算是近在咫尺，亦如远在天边，在那份无奈的遥望里，我们到底恪守了一些什么？这又何尝不是一种千古寂寞？就像捻着一根无形的丝线，默默等待着另一头的牵线人，即便那人早已悠然远去。

博客的寂寞，不在博客本身。写博的人有寂寞，看博的一不经心，就透过彼方的心境，看到了自己的落寞和苍凉。这样一种状况，不会以强劲的态势渗入别人的生活，而是以春雨"润物细无声"的情形渗入一个人的心灵。寂寞的人才能看见寂寞，寂寞的人才能聆听寂寞，只有通过寂寞的传递，才有机缘读懂彼此的灵魂。

心底的寂寞，有如深谷幽兰，水边寒梅，总有疏影横斜，暗香浮动。寂寞的灵魂有着无法言说的隐痛，这份隐痛蛰伏于心，深入骨髓，纵是夜夜笙歌，也无法排解。尘世之间，有太多寂寞的人，在属于自己的时间和空间，为了生活、为了梦想不懈不怠地寻求。于是，很多时候，寂寞的夜，寂寞的人，敲击键盘的寂寞的声音，一次次，将人生陷于一种忙碌的寂寞里。这是一种烟花一样的寂寞，总在热闹地绽放，无言地消隐。

人生在世，都企求得到温暖和善待，都希望找到一个共鸣点，当匆忙、浮华背后现实的寂寞在博客上再现，就会无缘由地潜入另一个被寂寞笼罩着的灵魂。当寂寞与寂寞碰撞，生活的痕迹就会在虚拟网络的枝丫以汹涌的态势蔓延。这个寂寞的虚拟世界，又有什么利益关系可言？隔着电脑显示屏，隔着千山万水，就足以在寂寞的庇荫下，慰藉自己，也慰藉别人。

一种真正的、源于灵魂的寂寞，一如罗曼·罗兰所说：是灵魂上的苦闷孤独。这种苦闷孤独不止是在"夜静酒阑人散后""半生飘零羁旅中"才有，更多的可能，是出现在灯红酒绿、繁华热闹的场合。而且，一个人的才智越是超群，越是有难耐难解的寂寞纠结于心。

不甘寂寞，就必须迁就于流俗。否则，注定要与寂寞相伴。忽然就想到了林黛玉，那个有着"两弯似蹙非蹙笼烟眉，一双似喜非喜含情目"的女子。为了"木石前盟"的约定，她执着地追求，就算那份爱如水中月，镜中花，也要孤傲地芬芳一回，留与人世一缕淡淡的、永远的清香。

有超人才智的人，终究是不甘心迁就于流俗的，这样一来，只能沉浸于寂寞。好在，这并非坏事，一个人，一旦沉浸于寂寞，更有机缘沉浸在美轮美奂的内心世界里，从而理清属于自己的、非同凡响的思想和灵性。

限量版"无聊"

世上的事情,如果从意义上划分,可分为"有意义"的事情和"无意义"的事情。"无意义"的事情大抵是"浪费时间"的事情,或曰"无聊"的事情。事实上,"浪费时间"也好,"无聊"也好,都不是绝对的,都取决于个人的感觉,取决于个人的主观认定。比如看一本书或看一部电视剧,哪个更有意义?这其实是没有可比性的,因人而异的。也就是说,事情有无意义,与一个人的好恶有关。

常常在周末,我家书房被几位牌友挤占挪用,我也就无心看书写作,无所事事地"无聊"起来。这样的时候,我就会干点平日看似"无聊"的事情。

记得有一次,我实实在在"无聊"了一回。将一个平日看着有些不顺眼的可拆装鞋架拆开来重新装了一遍;随后修好了一个损坏了很久却弃之可惜的拖把;然后将阳台上花盆里的花花草草修葺清理了一番,并不厌其烦地将其中的几盆搬进了客厅合适的位置;再然后很"无聊"地用手机将这些花花草草们一一拍照,附上几句"无聊"的话发了微信,换来一大堆点赞。

干了大半天"无聊"的事,出了一身臭汗,洗浴之后,我的精神状态竟出奇地好。晚上，牌友们散去之后，我坐在电脑前，竟一连敲出了三篇千字文。这种状态，这种效率，是在我过往时光中前所未有的。

凡俗之人，都会心有所爱。一个作家，沉浸在写作中，会自然而然地看轻写作之外的事情；一个游戏玩家，沉浸于游戏中，绝对不会认为玩游戏是一件无聊的事。这种沉浸，有一个度的问题，过度了，不能自我控制，生命的真正意义也就在无形中被淡化了。

我们常说，"不要在无聊的事情上耗费太多的时间。"旨在提醒自己多做有益于身心的事。拿看书写作来说，肯定是有益于身心的。但是，如果一味沉溺其中，生怕在其他事情上浪费一丁点儿时间，只能适得其反。长此以往，会导致身体垮塌，思维迟钝，最后步入"有心栽花花难发"的"怅惘"境地。

限量版的"无聊"，是生命的润滑油。在追求有意义的事情之余，花点时间"无聊"，做一些自己不喜欢且认为是"无聊"的事情，并非没有必要。我们一成不变的"有意义"的生活，或许因为有了"无聊"的介入，一不经心，就出现了盎然的不可轻待的生机。

漫长而短暂的人生旅途上，无聊的时光，无聊的事情总是有的，不要一味认为不喜欢做的事情是多么无聊。其实，换个角度来看，再无聊的事情，只要做透了，都有机缘为一个人赢得春光般的生机。

信 仰 心

因为信仰心，英国著名运动员利迪尔曾有一次放弃唾手可得的荣誉。别人质问他时，他说："明天就是星期日，我要做礼拜，这是我多年的习惯，我决不能改变。"这就是他的全部理由。舆论的谴责改变不了他的选择，众人的愤怒改变不了他的选择，王子亲自出面以国家的名义进行规劝，仍改变不了他的选择。他的态度如此坚决，完全是被信仰心所左右。他说："如果连信仰都不能坚守，那我将一事无成，更不会在以后的比赛中取得突破。"

信仰者，信上仰止也。利迪尔的信仰是多么坚定而真实。就个体的人而言，有了信仰心，就有了生活的信念和斗志，也就拥有了从世俗世故中解脱出来的力量。一个人、一个民族，一旦失去了信仰，也就失去了前途和希望。

"生无信仰心，恒被他笑具。"信仰是个体的人潜在的意识行为，是深藏于心的渴望，坚定的信仰可以让人获取令人难以置信的力量。1858年，瑞典一个富豪人家生下一个女儿。然而不久，孩子染患了一种无法解释的瘫痪症，丧失了走路的能力。一次，女孩和家人一起乘船旅行。船长的太太给孩子讲船长有一只天堂鸟，女孩被船长太太对这只鸟的描述迷住了，极想亲自看一看。于是保姆把孩子留在甲板上，自己去找船长。孩子耐不住性子等待，她要求船上的服务生立即带她去看天堂鸟。那服务生并不知道她的腿不能走路，而只顾带着她一道去看那只美丽的小鸟。奇迹发生了，孩子因为过度渴望，竟忘我地拉住服务生的手，慢慢走了起来。

信仰是人们对生活所持的必须加以捍卫的根本信念，是人类灵魂的标注，是信任所在，价值所在。巴金在《小人·大人·长官》一文中写过这样一句话："对长官的信仰由来已久，多少人把希望寄托在包青天的身上，创造出种种离奇的传说。"

信仰各有不同，堪称五花八门，千奇百怪：有天人合一信仰，有上帝信仰，有神佛信仰，有科学信仰，有对权利、地位、金钱、声誉、美色等痴迷和崇拜的信仰，有"及时行乐""做一天和尚敲一天钟""得过且过"的信仰。可以说，生命的信仰，来源于最真切的情感，信仰使人真实，有什么样的信仰，就有什么样的人生。

在人类的经验领域内，万事万物，皆为有限，这些有限的事物，很难作为人类信仰的对象。信仰是为了超越，只有超越有限到无限，才能真正弥补人类自身的局限。自然造化之功正是超越有限到无限的恢宏途径。

一次，牛顿用很多钢丝、齿轮等材料制成了一个太阳系模型。模型上有个手柄，轻轻一摇，行星就会围着太阳转，很精致。一个朋友来他家发现了这个模型，玩得爱不释手，便问牛顿：这么精致的太阳系模型是谁制造的，他一定非常聪明。牛顿回答说：没有人制造。牛顿的朋友说：怎么可能呢，怎么会没有人制造呢？牛顿说：如果一具模型都必须由人设计制作，为什么实际运转着的太阳系却会是偶然形成，而没有一位设计创造者呢？这位朋友一时语塞，不能不感念于自然造化之功力。

科学总是要发展的，但不管发展到何等程度，人类认知的有限性却不会改变。随着知识的增加，人在一些问题上的认识获得了进展，但一些新

的困惑又会产生。在有些问题上，比如死亡所引起的恐惧这一人生终极问题，人的认识几乎没有什么进展。对于现今的人类来说，欲知和未知、有限和无限之间的鸿沟，与自己祖先那时相比，缩小的幅度远没有想象中的那么大。在这道鸿沟里，既生出希望，也生出恐惧。于是，信仰心的存在，才会一茬接一茬，生生不息。

上帝手中的漂流瓶

19世纪80年代的一天早晨，巴西护卫舰"阿拉古阿里"号上的水手，像往常一样用吊桶提上来一桶海水，以便测量水温。忽然，他们发现桶里浮着一只密封的瓶子。舰长科斯塔瞧了一眼躺在甲板上的瓶子，随即吩咐水手打碎它——瓶里掉出了由圣经上撕下的一页纸。只见上面用英文在空白处不大整齐地写着："纵帆船'西·希罗'号上发生哗变。船长死亡。大副被抛出船舷。发难者强迫我（二副）操舵将船驶向亚马孙河口，航速三点五节。请救援！"

科斯塔当即取出罗意德商船协会登记簿查看了一遍，确认有"西·希罗"这样一艘英国船，排水量为460吨，建成于1866年，归赫耳港管。于是舰长命令立即追踪。

两小时后，护卫舰追上了叛船，在开炮鸣警后，下达了接舷冲锋命令。于是中尉维耶伊拉带着军需官和7名全副武装的水兵，乘舢板靠上了"西·希罗"号，并很快控制了纵帆船。叛变者被缴了械，并戴上镣铐。同时军需官在货舱里找到了拒绝与叛变者合作的二副赫杰尔和其他两名水手。

尚不相信自己已经获救的水手们，向救星们复述着哗变事件的经过。随着对话的继续，双方感觉越来越莫名其妙。

"请问你们是怎么得知我船蒙难的？"二副赫杰尔奇怪地问道，"叛变是今天早晨才发生的，我们认为一切都完了。""我们是在收到您的求救信后才赶来的。"巴西中尉维耶伊拉答道。"求救信？我们之中谁也没有寄过呀！"维耶伊拉出示了从圣经中撕下的那页纸，赫杰尔疑惑不解地读了一遍上面的英文。"这可不是我的笔迹，"他说，"而且我根本没有可能将瓶子扔下海，叛变者一刻不停地监视着我的一举一动，可靠的水手们又都被关在舱里无法出去。"

这一来，维耶伊拉中尉如坠云雾之中。他命令工兵将船上所有人员看管起来，准备就近移交给驻福克兰群岛的大不列颠官员。结果，当"西·希罗"号全体船员被遣返回英国后，在法庭上揭开了令人瞠目结舌的真相。原来，马西护卫舰从海里打捞上来的并非求救信，而是出版广告。

在"西·希罗"叛乱事件发生前16年，有个叫约翰·帕尔明格托恩的人出版了一部小说《西·希罗》(《海上英雄》)。精明的作者在自己的小说出版前，往海里扔了5000只漂流瓶，里面封装着摘自《圣经》的著名片断和从书稿中摘录的求援内容。其中一部分瓶子已先后被找到，另有几百只瓶子则仍在海洋里长年四处漂泊。这一举动，使该书一度知之者颇多，销路飙升。

无巧不成书，偏偏有那么一只瓶子会被巴西护卫舰"阿拉克阿里"号捞起，里面封装的摘自小说中的内容，又偏偏与一次海上的非常事件对上了号。

这一点，小说的作者约翰·帕尔明格托恩始料未及。谁又能想到呢，作者为自己的小说做广告而随手抛出的漂流瓶，像是落入了上帝的手中，并且在最关键的时刻被人打开，为的就是解救这样一场真实的海上劫难。

你不是一个人在生活

一天，经过一写字间，俩女孩的对话传入耳中："我总觉得，活着真没意思。天天工作，就算哪天事业有成了，还得养孩子，不断地操心，不断地奋斗，直到老了生病难受死去。人这一辈子，总是没完没了地有要操心的事，永远没有轻松的时候，你说人活着到底为了啥呢？"

"啊呀，姐们，你可不能这样想，人活着，就是要不断地经历这样那样看似没有意思的事情呀，平平淡淡也好，酸甜苦辣也罢，人生只有经历过，体验过，才算完整，姐们，你说呢？况且，我们活在世上，不是一个人在生活，我们的感情，我们的寄予，我们所有的喜怒哀乐，都牵系着一群相关的人，我们的家人、朋友，以及任何相识的人。所以啊，以积极的态度面对生活，才能感受到生而为人的幸福与快乐。"

听着这简短明了的对话，我的心头为之一动。我想起了我年轻的时候，有一次，因为失恋，躺在床上不吃不喝。一家人接二连三来到房间劝解，我都无动于衷。最后，父亲来了，他平静的语气后面似乎有一丝轻蔑："孩子，你不能这样，你不是一个人在生活，你的生命不是你一个人的，你不要以为你伤害的是自己的身体，你伤害的是全家人的感情。如果一场恋爱就把你打败了，我只能说你自私、没出息！"父亲的一席话，恰似醍醐灌顶，

让我羞愧难当。

是啊，人生在世，有谁是在一个人生活呢。事实上，谁都不可能生活在一个孤立的空间，或者生活在真空中。谁的喜怒哀乐都会牵系到很多人。所以，如果有一天，你忽然发现，你的工作是如此枯燥乏味，你的人生是如此了无情趣，不妨试着发掘一下自己的兴趣，把握一下自己所擅长的事情。只有这样，才会在快乐的状态中，体味生活的内蕴，发现生活的乐趣，让生命在时空过往里拥有成就感。

有一首歌叫《一个人生活》："叶子在窗外轻轻摇动，人行道没有行人走过，镜子里的我很不像我，自从你离开了，我变得很软弱。你的影子在每一个角落，好像是在提醒着我，少了你的陪伴，我现在有多寂寞。我想我可以习惯一个人生活，我想我可以假装不曾爱过，冰凉的夜里让眼泪温热我。我想我可以习惯一个人生活，在记忆里面擦去你的承诺，爱你，怎么会是这个结果……"其实，这哪里是一个人的生活，咏唱中分明承载着一个人对另一个人的记忆、惦念、怀想和渴望。一个人的生活永远是暂时的。人的一生中，就算物化的东西可以全部抛下，还有割舍不了的亲情、爱情、友情……

一个人，可以无欲无求，可以超然物外，可以离群索居，却无法生存在没有思绪、没有情感、没有牵念、没有冥想的世界里。

人生二维码

　　有个从事彩色纸巾生意的年轻人，一天接待了国内一家知名企业的部门经理，来人正好是他高中时的同窗好友，欲为企业定做一批彩色纸巾作为促销物料。聊天时，同学向他提议："你的公司这几年发展得不错，但你考虑过利用互联网资源进行纸巾营销吗？"一句话惊醒了梦中人，送走好友，他静下心来想了很久，如何利用互联网进行纸巾的营销呢？又怎么打破纸巾方寸之间的容量限制，既让小小的彩色纸巾美丽绽放，又让它承载更多的内容，发挥更强大的功能呢？

　　一天，在休息的间隙，他登录微信，扫描微信二维码添加一位好友，很快轻松添加成功。这时，一个创意在他脑海里浮现：二维码方便、快捷，只要轻松扫一扫，所有信息一秒呈现。如果将二维码和彩色纸巾相结合，那将是链接有限纸巾与无限空间的绝佳途径。

　　因为这一闪念的想法，很快，二维码彩色纸巾被研制出来，只要顾客用手机扫描二维码，就能看到公司一些产品的广告信息。可他隐隐觉得似乎还缺少些什么。一天，一位朋友无意中向他提起想为自己公司的产品做广告宣传，可在电视上刊登广告价格不菲，问他有没有一种既省钱又新颖的广告传播方式。朋友的问话，让他灵光一闪，对啊，何不以二维码彩色

纸巾为载体进行一种全新的媒体营销？就这样，他结合报纸、电视等信息互动平台，走上了二维码彩色纸巾的营销之路，形成了一个完整的良性关联的产品链。

当下，可以说二维码是无处不在的，尤其在商界，几成颠覆之势。它具有储存量大，保密性好，追踪性高，抗损性强，备援性佳，成本低廉等特性。这些特性的存在，注定了它适用面广，可用于表单、安全保密、追踪、证照、存货盘点、资料备援等。它以时尚便捷的特质，悄无声息地融入了我们的日常生活，成为一种全新的信息传媒、社交介质。它从虚拟到现实，从物质到精神，无所不及。物品购置，"码上"说话；表达情意，"码上"亲近……

应运而生的二维码食品，将肉麻的情话以二维码方式直接印在了巧克力、饼干上，用手机一扫，各种表白清清楚楚，为恋爱中人爱的表白提供了一条捷径。"爱你如何，扫扫便知"，有心的人，可以将自己想说的话，藏在二维码里，印到食物上，然后完好地交到喜欢的人手上。收到二维码食品的人打开手机扫一扫，说不定会看到一句"I love you"弹出来。可以说，"二维码"已延伸到了生活的角角落落。

获取二维码信息，少有时间地域的限制。利用二维码不仅可以实现精确化营销，还可以有的放矢地方便消费者，提高效率，降低成本。当下，庞大的微信用户，让二维码更显活跃，它的应用，顺理成章地渗透到了餐饮、超市、电影、购物、旅游、汽车等行业。

事实上，我们的生命过程，又何尝不是蕴含着许许多多丰富信息的人生二维码。很多时候，只需去扫一扫你过往的生活、灵动的思绪、刹那的感受，就会有意想不到的收获。

人生需要借势而为

小时候，父亲常说："优势无法利用就是劣势，宝贝放错了地方就是废物。"那时，我不懂这句话的含义，但我知道，这句话对父亲肯定很重要。

随着年龄的增长，我渐渐明了父亲说这句话的背景了。原来，父亲年轻时，识文断字，聪明能干，这在他所处的时代已经是令人刮目相看的了。为此，他有多次出去公干的机会，当时的父母官"三顾茅舍"，请他出去做事，可拗不过祖母的不舍，父亲终归没能走出去。

如此一来，他在闭塞的乡村一待就是一辈子，自身的优势没能得以发挥，也就谈不上有什么成就了。

有一次，父亲对我说："人要生存，就要有生存的本事。但仅有生存的本事还不够，还得知道怎么利用这些本事。在现实生活中，有很多人之所以一生碌碌无为，不是他们没有优势，而是他们没有机缘利用他们的优势。"父亲话锋一转："当然，很多时候，机缘是由自己创造的。"

接下来，父亲给我讲了这样一个故事：有个年轻人偶然得到一块大磁铁，他瞅着这块磁铁，想："它有什么用呢？如果当废品卖掉，不过就是几块钱，可留在家里也没什么用处呀！"

一天，他对着磁铁发呆，母亲便问："这磁铁是用来做什么的？"没

想到，母亲无意的问话却点醒了他，他豁然开朗："磁铁就是用来吸铁的呀，我何不好好利用呢？！"

于是，年轻人将磁铁拴在一根粗绳子上，跑到海港码头去"垂钓"。因为有成千上万的船只打这儿经过，海里有废弃的零件，也有修理用的工具……就这样，他用磁铁"捞"上了上千斤废铁，拥有了生命中的"第一桶金"。

随后，他又多雇了几条船，用同样的方法去吸铁，一个月以后，他就积累了数万元财富。看到他的收获，工厂负责收购的人感叹道："我收过的磁铁无数，有很多比他拥有的大，可没人认为它们不是'废物'，也没有想过要利用它们的基本功能。"

父亲讲完故事，顿了顿，意味深长地说，你知道沙丁鱼吗？沙丁鱼是大海里数目繁多的一种鱼。它们身体瘦小，所以很多鱼类都会以它们为食。特别是海洋里体积庞大、数量惊人的鲸，更是沙丁鱼生命的极大威胁。一旦遇上鲸，沙丁鱼就会拼命地逃跑，向海滩游去，而鲸发觉自己游到海滩时，往往已经太迟了。由于巨大的惯性作用，鲸庞大的身体就会搁浅在海滩上，无法游动，最终只能面对死神。而小小的沙丁鱼，则可以在浅海边自由活动，并得已保全自己。

可见，任何事物都有自身的优势，关键是有没有机缘得以充分发挥。人何尝不是如此？借势而为，借力而行，才能最大限度地展现非凡的才力。

人生就是一把牌

上家吃得只剩一张牌了，可他摸一张，打一张，就算是需要的也不例外，手头的牌就是不换。

一局牌打完，老张看着自己的牌，舍不得推开，在那里自言自语地说："这么好的一把牌，竟然没机缘开口。"

这时，上家摊开那张牌，说："你要的是这张吧？"

"是啊，这张牌一下来，我金顶无疑。你怎么就这么精，一直不打下来呢？"

上家笑了笑："为官之道，我要跟你学；打牌，你还得跟我学。"

老张听他这么一说，嗤之以鼻，反唇相讥："你不就是没得到上司的提拔吗？要我看，不怨你的上司，也不要以为就你人生不得志。你看看，我这么好的一把牌，都被你卡得稀烂。人生就是一把牌，官场上，你不过就是一凡人，没提拔到你头上，很正常，是吧！"

的确，人生就是一把牌，胡与不胡，除了智慧、胆量，还要有手气、人脉、机缘。

人生的挫折，永远不会少。就像打牌，有拿到好牌的机会，更多的是拿到坏牌的时候，而且，还有一些可以预知或不可预知的障碍和牵绊。一

个牌场高手，一定懂得什么时候该打大胡，什么时候只求将损失减少。只有不懂得何时进退的人，才是注定了的输家。可以这么说，一个人打牌赢不赢钱，不是看他拿到好牌能赢多少，而在于他拿到坏牌时会输多少。亦如炒股，不可能天天抓涨停板。股市下跌时，就是拿到坏牌的时候。能不能在股市赚钱，不是取决于在股市涨的时候赚了多少，而在于当股市跌的时候赔了多少。

看到别人功成名就，有名车别墅以及丰厚的收入，我们需要的，不是眼红气馁，而是淡定面对，从容应对。要相信，人生如股市，如牌局，总有潮落潮起。长长短短的一生，不要老想着拿到好牌，要多想想如何对待拿到的坏牌。好牌不是每把都有的，当你能够打好坏牌，你就具备了胜算的契机。

处于困境时，磨炼出将坏牌往好里打的能力，这才是不可小觑的、值得称道的人生王牌。

可以让你更好的人

生活中，总会发生一些令人羡慕的事情。而令人羡慕的事情好像永远属于别人，无法降临到你的身上，其实，这何尝不是上天在磨炼你的心性。好事多磨，越是迟到的幸福，越有理由教人珍惜。

也有这样的情况，为了一件物品，你翻遍了所有的地方找不着。而往往在一些时日之后，它会不经意地出现在你的面前。爱情也好，事业也罢，何尝不是如此，你越是渴望成功，越是茫然无绪；而在你经过千般努力，似乎打算要放下的时候，它却神赐般进入你的视野，融入你的生活，让"有心栽花花不开，无心插柳柳成荫"这句话得到印证。

时光总是把最好的留在后面，若能以不急不躁的姿态用心耕耘，耐心等待，一定会有意想不到的收获。在这个世界上，最美妙的事情不是一往无前，而是边走边看，以平和的心态欣赏路上千姿百态的风景，为美好的人生作好铺垫。

与你结伴同行的人，各不相同。有的人，不断地肯定你，发现你的优势，发现你的美好。就算世界都否定了你，他依然会告诉你，你不知道自己是多么有价值。这样的人，他会不断地督促你，鼓励你，让你变得更好，让你羽翼丰满，让你始终拥有走下去的勇气。而有的人，他自己可能很优

秀，但他对你的要求往往会更高，当你达不到他要求的时候，他就会鄙薄你、唾弃你，让你无地自容。他总会在无意之中把你内心的恶激发出来，让你变得更糟糕，让你不停地否定自己。这样的人，还是早一些离开的好。

一个人的好脾气，不是天生的，而是后天磨砺出来的。因为没有人烦扰，没有人纠缠，便有足够的时间思考很多问题。思考，让一个人深刻；孤独，让一个人强大。由此看来，路上的孤单并不可怕，它可以让一个人走得兴味盎然，风光无限。

那种生性不愠不火，不徐不疾的人，是可以包容你缺点的人，遇事能和你一起去改进的人。他绝对不是完美的人，却是可以让你走得更远更好的人。这样的人，如果有缘走进你的生活，你的幸福人生，也就迈出了不可小觑的第一步。

第三章

让思维飞翔，唤醒潜在的美好明媚

有些习惯，

无所谓好坏，

却可以让思维飞翔，

让人生在别样的境界里，

演绎别样的精彩。

可以让思维飞翔的习惯

不管是名人还是凡人，在琐碎的生活中，总会养成一些习惯。就所有为人类提供精神食粮的作家而言，这些习惯一旦养成，虽然难以更改，却可以将人带入别具洞天的境地。

有在公共场所静候寻找素材的。喜剧大师莫里哀在舞台上滑稽多智，离开舞台却拙于言辞。他的袖筒里经常藏着一个笔记本，在公共场所留心听别人谈论的话题，将它们私下记录下来。无独有偶，易卜生为了观察市民生活，一有闲暇，就坐到咖啡店里，假装拿着报纸看新闻，暗地却偷偷注意各种顾客的相貌、动作，倾听他们的谈话。

有沉浸于自创作品之中的。福楼拜在创作《包法利夫人》时，被自己塑造的人物所感动。当描写爱玛·包法利服毒时，他嘴巴里仿佛有了砒霜的气味，竟一连两次将所吃的食物全部吐了出来。大仲马在创作《三个火枪手》时，有一天，朋友来访，竟看见伏案写作的大仲马泪痕斑斑，不由大吃一惊。大仲马悲泣着对他说："啊，我的朋友！我刚把波尔朵斯杀了……你不知道，我是多么喜欢他！"原来，大仲马是在为主人公波尔朵斯的死而难过伤心。

有将自己置身于特定环境或情景的。马克·吐温为了求得安静的写作

环境，经常带足干粮和水，驾一叶扁舟，泛舟海上，在这样的情况下，他写起东西来得心应手，进展甚快。安徒生则喜欢在幽静的森林里构思他的童话，一进入森林王国，作家的艺术想象力就格外活跃。柯汉则喜欢在列车上创作，他包下一间特别列车上的客厅，在火车不停的行驶中奋笔疾书，直到把要写的作品写完为止。易卜生认为斯特林堡是他的对头，所以总要把斯特林堡像放在他的写字台上，与他相对，才能写出好剧本。拉辛习惯于边走边思索，有时在庭院里发疯似的来回走上几百遍，反复琢磨推敲。女诗人艾米·克兰皮特无论是在宁静的海滨或喧嚣的闹市，乃至于奔驰的列车上，总喜欢久久地盯着一页玻璃窗，她认为，玻璃会产生一种特殊的反射效应，只要盯上一会儿，便会才思泉涌。

有限定自己在某个时间段工作的。列夫·托尔斯泰只在早晨写作，他认为人在早晨才能保持一种清醒的批判精神，而在夜间会写出大量胡说八道的废话。在写作环境上则是随遇而安，只要是早上，纵使置身于炮火连天的战场，他也能专心写作。福楼拜则是白天休息，夜里通宵写作。他书房里绿罩的灯盏彻夜通明，成了塞纳河上船夫的航标。

有以镌刻提醒记忆的。雷蒂夫晚年有计划地在花园的墙壁、阳台的石头栏杆、河岸边的护墙，特别是圣路易岛的护墙上镌刻他生活中重大事件发生的日期以及他对事件的感受。起初，他用钥匙在石头上镌刻他的记事铭文，后来，换上了特制的铁锥。每过一年，雷蒂夫都要去看看他那些作品，亲吻它们。如发现铭文已被风雨侵蚀，他便再刻一遍。

有边写作边消费的。巴尔扎克写作时总要大量饮用咖啡。他喝咖啡既不加牛奶，也不加糖，他曾不无得意地说："我将死于3万杯咖啡。"此话被他不幸言中，慢性咖啡中毒成为他的死因之一。有学者估计，他一生喝过至少5万杯咖啡。

有惯于给自己强加禁锢的。雨果常常叫仆人把他的衣服偷去，这样他就不能够外出，只好待在家里一门心思地写作。

　　有些习惯，无所谓好坏，却可以让思维飞翔，让人生在别样的境界里，演绎别样的精彩。一位当代作家曾这样说过："我在写作时先将浴缸注满热水，再往水中撒一些泡澡粉，在浴缸沿上横搁一块松木板，放上纸笔才开始写小说。我在浴缸里一泡便是几个小时，热腾腾的洗澡水使我体重减轻，感到身轻如燕，飘然欲仙。当自己的体温上升到热水的温度时，我的文学思维就挣脱了羁绊，自由自在地飞翔了起来。"

坦诚的唇舌之争

在一出著名的戏剧初次公演引起轰动后，剧作家给剧中女主角发去一份电报："精彩之极，绝妙之至……"女主角立即回电："您过奖了！"剧作家再次来电："对不起，我指的是剧本。"女主角复电："我指的也是。"

剧作家叫萧伯纳，剧中女主角叫英格丽·褒曼。

褒曼的演艺生涯中，演得最多的角色，是法兰西圣女贞德。在欧美各国，褒曼先后用五种语言饰演贞德一角。后来，当她到贞德的故乡多列姆访问并沿着贞德的足迹旅行时，人们不是来看明星，而是把她当作圣女贞德来欢迎。那炽热的民族情感，是她从来没有享受过的荣誉。

为了演好贞德，褒曼翻阅了几乎所有文献资料，遍读了有关贞德的著作和剧本。在美国演出时，萧伯纳曾把自己的剧本《圣女贞德》寄给褒曼，但她没有采纳。她认为萧伯纳把贞德写成了一个机警的、好斗的女子，像个政治鼓动家。而她要表现的是历史文献中记载的真实的贞德，那个初涉社会不久、因目睹战争惨象而哭泣的小姑娘。

褒曼的拒绝，显然碰痛了剧作家萧伯纳骄傲的心。

一天，褒曼接到电话，说萧伯纳先生想见见她。褒曼开始感到很意外，她久仰这位英国剧坛巨匠的英名，却不曾有过来往。她想起《圣女贞德》的事来，便欣然答应了。

　　当即，她驱车来到了萧伯纳寓所，令她动容的是，这位比她大出半个多世纪的老人，居然站在大门口迎接她。褒曼的到来，令萧伯纳十分快慰。但想到褒曼曾经的拒绝，萧伯纳还是忍不住对尚未跨入门槛的客人发问："你为什么不采用我的剧本？"褒曼礼貌地致以问候后，俏皮地说："您可不可以先让我进去啊？！"

　　"当然可以，我们要在一起用茶点，可为什么你不演我的剧本？"萧伯纳固执地问。褒曼直言："因为我不喜欢它。"

　　那一刻，萧伯纳被褒曼干脆利落的回答惊呆了，在这之前，还没有人敢这样当着他的面直言不讳。褒曼一个激灵，也暗忖自己闯了祸。这一刻，她见萧伯纳瞪着眼睛，说："你说什么？难道那不是一部杰作吗？"

　　在这位剧作大师面前，褒曼不过是个孩子。但不知哪里来的勇气，褒曼争辩道："它肯定是一部杰作，但您剧本中的圣女贞德，不是那个真正的法国姑娘，您把她写得太聪明了，您重新写了她在法庭上的讲话，您让她说了很多真正的圣女贞德怎么也说不出来的话。"

　　对话在门外进行，褒曼心想萧伯纳会下逐客令。不料，萧伯纳听她这么一说后，哈哈大笑着，把她让进了房间，待以茶点，并且同她兴致勃勃地讨论起剧作、表演等问题来。其中自然也涉及了贞德，但褒曼丝毫也没有减弱对《圣女贞德》的批评，她说："据我所知，贞德是一个单纯的农村姑娘。您的文字彰显了您的才力，但它是萧伯纳的文字，而不是贞德的语言。""她没有受过教育，是本性自尊和觉悟给她带来了勇气。她蔑视那些曾经指教过她而后来又把她置于法庭上受审的那些人。""您让她说，'我爱和男人们在一起，我不愿意穿着裙子坐在家里纺线'，而事实上，这正是她所需要的：在家里看守她的羊群，纺她的纱和织她的布。她并不想要到战场上身先士卒……"

　　褒曼的坦率诚恳，以及独到的见解，深深打动了萧伯纳。就这样，一场关于生活和艺术关系的讨论，得以热烈地继续下去。两位年龄相隔半个世纪的艺术家，他们坦诚正直的品格，凸显在唇舌之上，也深深烙印在了世人的心中。

真爱带来生命奇迹

爱情与死亡的纠缠，始终是千百年来，尘世间传颂不变的情感主题。无论是东方的"梁祝"，还是西方的"睡美人"，都寄托着人们有关爱情战胜死亡的美好愿望。当我们走出神话幻境，回味尘世间真正动人的爱情故事时，蓦然发现，伊丽莎白·巴雷特的爱情，具有可遇而不可求的传奇的、完美的特质，就算是伤残的肢体、哀婉的心灵，都能在爱情的照耀下焕然一新。因为爱情，她战胜病魔，与罗伯特·勃朗宁相亲相顾，相爱生子，最后在他的怀抱中安然辞世。

伊丽莎白·巴雷特 15 岁那年，不幸的事情降临到她身上，她骑马跌伤了脊椎，从此瘫痪在床，失去了一个女孩子应有的健康和欢乐。对于瘫痪在床的巴雷特小姐来说，诗歌成为她唯一的寄托和安慰。可怜的巴雷特小姐而后又经受了母亲去世、爱弟溺死等一系列沉重打击，使她一度陷于绝望。此时的她，鼓起勇气，努力把悲怆和希望写进诗歌里。

1845 年春天，33 岁的英国诗人罗伯特·勃朗宁偶然打开一本诗集，一读之下，顿时为诗中极度哀婉而又勇敢真实的思想震撼了。他情不自禁地给诗集作者伊丽莎白·巴雷特写信，一开头就直截了当地宣布："我真心诚意地爱你的诗歌，亲爱的巴雷特小姐。"此时已 39 岁的伊丽莎白·巴雷特，因为病魔缠身，与世隔绝了整整 6 年。6 年中，她像个囚犯似的幽

禁在伦敦温波尔街 50 号的一个两层楼的房间里。

这一天，她收到了罗伯特·勃朗宁的信，看到署名的那一刻，她顿时热泪盈眶。她怎么也没想到，大名鼎鼎的勃朗宁会赞扬她的诗集，于是，她迅即饱蘸墨水，回了一封感激的信。署名为"你忠诚的，充满感激之情的伊丽莎白·B. 巴雷特。"

就这样，一场写入文学史的通信开始了，每隔一两天就往来一封，前后竟达 573 封之多。巴雷特早已关闭的心灵完全敞开了。

4 个月后，两位被爱慕和渴望煎熬的诗人，第一次见了面，之后勃朗宁每周都去看她一次。爱情给了巴雷特难以置信的力量，她的生命焕发了前所未有的活力，很快，她从被褥中站了起来。在爱的奇迹发生后，她的婚姻却遭到了具有门第观念的父亲的强烈反对。在家庭的阻挠下，巴雷特不得不离家出走，逃出了囚牢般的温波尔街 50 号，在一个教堂与勃朗宁举行了简单的婚礼，然后一起前往阳光灿烂的欧洲大陆。

真爱带来了生命奇迹，在接下去的几年里，被医生宣判了死刑的巴雷特，竟奇迹般地恢复了健康。一天早晨，她将一束诗稿悄悄地塞进勃朗宁的手里，这就是后来出版的著名的《葡萄牙十四行诗》。其中有一首诗《我是怎样地爱你》这样写道："我是怎样地爱你？诉不尽万语千言／我爱你的程度是那样的高深和广远／恰似我的灵魂曾飞到了九天与黄泉／去探索人生的奥妙，和神灵的恩典／／无论是白昼还是夜晚，我爱你不息／像我每日必需的摄生食物，不能间断／我纯洁地爱你，不为奉承吹捧迷惑／我勇敢地爱你，如同为正义而奋争／爱你，以昔日的剧痛和童年的忠诚／爱你，以眼泪、笑声及全部的生命／要是没有你，我的心就失去了圣贤／要是没有你，我的心就失去了激情／／假如上帝愿意，请为我作主和见证／在我死后，我必将爱你更深，更深。"

1849 年，他们生下了一个漂亮男孩。属于伊丽莎白·巴雷特和罗伯特·勃朗宁的爱情和事业，融汇为完美的传世绝唱，演绎成一部百年以前满溢着爱情芬芳的玫瑰经典。

以雌鹜为师

诗人史蒂文森除了写诗，还在一家保险公司上班，他每天上下班都安步当车，就算刮风下雨都难得坐一次车。他这样做，目的是一边走路一边作诗。他左摇右摆步伐缓慢地行进时，一定在构思诗篇。作家吉尔回忆说，有一次他的一位朋友看见史蒂文森从门前走过，只见这位诗人脚步越来越慢，后来还停了下来。他站在那里把身体摇了一两下，然后后退一步，犹豫一会儿，接下来便挺起胸膛大踏步前进。看他的样子，似乎是将一句诗再审读了一次，删掉了一个不满意的字，换上了更优美的词，并且续写出了下一句。

托尔斯泰对普希金的小说极为推崇，甚至认为比他的诗歌还要好。他创作《安娜·卡列尼娜》这部小说时，想了几十种开头都不满意。一天，他10岁的儿子谢辽沙给托尔斯泰的姑妈朗诵普希金的小说。他顺手拿起书，刚念完第一句："客人们纷纷来到别墅……"就赞不绝口地说："写作就应当是这个样子，普希金是我们的老师……要是换个别人，就会先把客人和房描绘一番，而普希金却开门见山。"于是他像得到天启似的，立即跑回去修改了《安娜·卡列尼娜》的开头："奥布浪斯基家里，一切都混乱了，妻子发觉了丈夫和他们家从前的一个法国女家庭教师有暧昧关系……"这就是《安娜·卡列尼娜》的真正开头。那句人人熟知的"幸福的家庭都是

相似的，不幸的家庭各有各的不幸"，是《安娜·卡列尼娜》正式出版时，托尔斯泰临时加上去的。

19世纪俄国著名的批判现实主义作家果戈理，对自己的作品相当苛求，不免使自己一些好的作品惨遭厄运。有一次，果戈理给诗人茹科夫斯基朗诵他刚写好的剧本。朗诵是在午饭后开始的，茹科夫斯基有午睡的习惯，难以改变，他一边听着果戈理朗读剧本，一边不知不觉地睡着了，而果戈理并不知道诗人有这个难以抗拒的习惯，还以为是自己的剧本没有魅力。等他小睡一会儿后，果戈理说："您瞧，瓦西里·安德烈耶维奇，我请您批评我的作品，现在您的瞌睡就是对它最好的批评。"说完就把手稿扔进了火光闪闪的壁炉。次日，一位朋友问起这个剧本的事，果戈理只是摆了摆手。

英国当代著名小说家弗雷德里克·福赛斯，走上专业作家道路后有个习惯——每写完一部作品，总要先让6个人过目：妻子、双亲、两位代理人和出版商。他认为，他父母代表一般读者的阅读水平，如果他们看不懂某一情节，就说明作品不够通俗、需要改写。如果他妻子感到某个人物在日常生活中是脱离实际的，他就会改写部分情节或对话。最后，再由大家投票表决，假如4票赞成，就算通过；假如3票反对3票同意，那么由他自己投票决定该书的命运。

有位青年很喜欢写作，可总写不出好作品，便埋怨灵感不登自己的大门。一天，他走在路上时，偶遇马雅可夫斯基，诗人正一边走路，一边构思新诗。青年赶上前去，对马雅可夫斯基说："先生，听说您非常富于灵感，而我为什么总得不到呢！"诗人停下脚步，打量着这位青年，幽默地回答说："噢，灵感需要磨蹭，它大概不喜欢风风火火的赶路人吧！"

另有一位诗歌爱好者向诗人特奥多尔·特拉亚诺夫请教写诗的诀窍："怎样才能获得灵感，写出好诗呢！"特奥多尔·特拉亚诺夫笑了笑，说："一只雌鹭一次要生出三枚蛋。它丢掉其中一枚，只孵另外两枚。待雏鸟出世后，雌鹭又只给其中一只哺食。以雌鹭为师，专注些，何愁写不出好诗？"

无我之境

有一次，朋友来看他，刚到门外，就听见里面传出激烈的争吵声："坏蛋！我要给你好瞧的！"声音激昂、愤怒，令人震撼。当这位朋友推门进屋时，发现只有他一个人。原来他正在描写小说中的一个人物，这个人物狠毒狡诈、卑鄙龌龊，他写着写着就不禁大声怒斥起来了。

另一次，他伏案写得入了迷。一个朋友来拜访他，见他专心致志，不忍打搅，就坐在一旁耐心等待。吃午饭的时候到了，仆人给他端来午餐，他视而不见，仍然埋头写作。这位朋友误以为是招待自己的，于是毫不客气地把午餐吃光了。又等了一会，见他还是目不旁顾，手不停笔，就悄悄地离开了。他又写了好一会，感到肚子有些饿，才搁下笔来找饭吃，发现桌上的餐具都已用过，便自责起来："真是个饭桶，吃了还想再吃！"说完，又继续他的写作。

为消除紧张写作带来的疲劳，他外出散步。为不使来访者久等，他用粉笔在大门上写了几个大字："主人不在家，请来访者下午来！"他一边散步，一边思考着小说中的人物形象和情节，待思考成熟，便转身回家。来到家门口正要推门，忽然看见门上的粉笔字，就叹了口气，很遗憾地说："唉，原来主人不在家啊！"说完，就转身走了。

　　晚上，他睁着眼睛躺在床上，构思小说。恍惚间，看见一个人轻手轻脚走进了他的房间，企图凿开写字台的锁，他不由自主笑出声来。小偷听见他的笑声，一点也不惊慌，以为他在做梦。"你笑什么？"小偷嘟哝着说。"亲爱的朋友，"他说，"我是在笑你受这么大的罪，冒这么大的风险，想在主人大白天都找不到钱的地方找钱。"小偷听罢，禁不住也笑出声来，退身而去。

　　相传，他有一项特别的才艺，可以根据一个人的笔迹，准确无误地说出此人的性格特征。一天，他的一位女性朋友给了他一份一个男孩的手迹样品，说很想听听他对这个男孩的评价。他仔细看起了样品，研究了几分钟后，用异乎寻常的目光望着这位女士。女士告诉他，这个男孩子与她非亲非故，尽管对她讲实话。

　　"很好，"他说，"跟你实话实说吧。这个孩子既粗心又懒惰，必须严加管教。否则，就会给祖先丢脸。""这真是怪事了，"女士微微一笑，"这笔迹是从你小时候的作业本里弄来的呀。"

　　他也有受困扰的时候。一天，他遇到一位老朋友。一见面，老朋友就滔滔不绝地称赞他最近出版的一部新书。"唉，我的朋友，"他感慨地说，"我是多么羡慕你呀！""为什么呢？"朋友茫然。"你不是此书的作者，想怎么说就怎么说。可对于我来说，一出书就感到束手束脚。自夸吧，太难为情；自责吧，没人会相信；沉默不语呢，人家又嫌我傲慢。"

　　这个倾心写作，趣事糗事烦心事均不见少的作家，名叫巴尔扎克。虽然他只活了 51 岁，却创作了 100 多部小说，其数量之多，在世界文坛上实属罕见。他之所以能取得这样的成就，是因为他一旦进入创作状态，就会全神贯注，无我忘我，不知身在何处。

但丁和莫里哀的异常之举

有一天，但丁途经一家铁匠作坊，意外地听到铁匠一边打铁，一边唱着他的诗歌。但丁没有因为自己的诗歌被传唱而高兴，相反，他为铁匠任意缩短和加长自己的诗句而感到恼怒。

听着听着，他径自走进那家作坊，随手拿起铁匠的锤子等工具，一件又一件扔到了街上。

铁匠气坏了，向他扑来，同时粗暴地质问："你干什么？你疯了吗？"

但丁反问："你在干什么？"

"我在干活，"铁匠说，"而你却乱扔我的工具，使它们受到了损坏。"

但丁说："要让我不毁坏你的东西，那你就不要毁坏我的东西！"

铁匠茫然地问："难道我破坏了你的什么吗？"

但丁答道："你唱我的诗歌，却不按我写的去唱，你把我的作品破坏了。"

无独有偶，一生写过也表演过无数喜剧作品的莫里哀，也曾有过如此这般的有伤大雅之举。

一次，他在王宫剧场观看正在上演的自己倾心创作的作品《伪君子》。忽然间，他神经质地大叫大嚷起来："畜生！刽子手！"同时不停地用双拳擂着自己的脑袋。

　　这一幕，恰好被一位来拜访他的朋友撞见。朋友走上前去，抚慰一番，寒暄一番之后，才弄明白他有如此异常之举的缘由。

　　原来，莫里哀听到台上有个演员念错了几句台词，感觉演员严重损害了自己的作品，才如此恼怒和痛心！

　　但丁和莫里哀在艺术创作上，都是极为严谨的，他们之所以有这样让人不可理喻的异常之举，都是缘于对自己劳动成果的珍视。

　　他们对自己的作品偏爱有加，呵护它们，犹如母亲之于孩子，绝不允许别人有心无心做出一丝一毫的歪曲和篡改。

普希金的"迟钝"

普希金还是一名小学生时，发现老师给同学们讲解的四则运算例题的最终结果总是零。所以，从那以后，无论他解答哪一道数学试题，看都不看一眼，就在等号后面写上"0"。他的数学老师对这个毫无希望的孩子说："去写你的诗吧，对你来说，数学就意味着是个零。"

在"数学上为零"的普希金，从少年时代起，就在诗歌方面表现出了异于常人的天赋。他迅疾敏捷的诗思，早在他刚到这所学校就读时，就已小有名气。

1814年，俄罗斯颇有影响的诗人茹科夫斯基特地来到这所学校，结识了这位天才少年。之后，茹科夫斯基常来看望普希金，并把自己的诗作念给普希金听，凡是普希金不能立即记住的，便当即毁掉或删除。

1820年，普希金的第一首长篇叙事诗《鲁斯兰与柳德米拉》问世，一直关注普希金发展的茹科夫斯基欣喜万分，特赠一张自己的照片给他，上题："赠给胜利了的学生。——失败的老师赠"。

普希金成名后，有一次，他坐着四轮马车去奎夫城，路上，四轮马车翻车了。普希金跳下车来，走进路旁的一家小旅店。当旅店老板得知他就是伟大的诗人普希金时，异常兴奋。赶忙跑到地窖里，取出一瓶好酒，款

待这位受尊敬的客人。老板娘取出一本很大的旅客登记簿，要求普希金在上面签名。当普希金在登记簿上写下自己的名字后，看到老板的小儿子正尊敬地用双手捧着一本练习本站在他面前，也希望诗人给他签个名。因为在练习本的那页上有一道四则运算试题，普希金没有弄清小男孩的意图，以为小男孩让自己帮他解答这道题。于是，他像过去一样，用笔在算式的等号后面写上了"0"。并对小男孩说："小家伙，试试你的运气如何？"

第二天，这位伟大诗人写的答案上被打了一个鲜红的"×"。小男孩简直不能相信他的老师。"怎么会错呢？"他眼中噙着泪说，"这可是由普希金本人做出来的啊！"

这件事被名誉校长谢连科夫将军知道了。这位老人幽默地说："也好，我根本就不懂教育，但被邀请做了你们的荣誉校长。普希金也不懂数学，就让这个零作为这道题的荣誉答案吧！"

随着年龄的增长，诗人普希金越显"迟钝"。他的很多文学创意，最后都直接或间接成就了别人。果戈理的名作《钦差大臣》和《死魂灵》就是在普希金的启发下写出来的。果戈理曾坦率地写信给普希金："劳驾给个情节吧，随便什么可笑的或者不可笑的，只要是纯粹的具有俄罗斯故事情节的就行。"

面对普希金的"迟钝"，车尔尼雪夫斯基曾这样说："他总是花很长时间思考作品的提纲，当一种已诞生的创作思想还没有在脑子里成熟，没有取得和谐而完整的发展时，他就会一连等上好几年。他总是在拖上很长时间后，才在眨眼之间把属于自己灵感的东西，变成明朗而有力的艺术作品。"

因梦而成的《马赛曲》

闻名于世的《马赛曲》，为世界各国人民熟悉和喜爱。但是，很少有人知道，《马赛曲》的歌词和乐曲是因梦而成的。

1789年，巴黎人民攻克了巴士底狱，开始了轰轰烈烈的法国大革命。这场革命废除了封建制度，发布了《人权宣言》。人权和自由平等的制度一经确立，就意味着封建贵族的王权将被永远废除。法国大革命引起了欧洲邻国封建统治者的不安和敌视，他们企图以武装干涉扼杀法国资产阶级革命。奥地利和普鲁士联合发表宣言，要求法国恢复国王的权力。法国逃亡贵族在国外招募军队准备复辟，瑞典、俄国、西班牙、撒丁王国都表示支持。1792年4月20日，在大敌压境的紧急关头，法国革命武装对奥普联军正式宣战。

当时驻守在法国斯特拉斯堡炮兵部队中一位名叫鲁热·德利尔的工兵上尉，能写诗会作曲，经常受邀到满怀爱国激情的斯特拉斯堡市市长底特利希家作客，时间一长，底特利希夫人和女儿们都喜欢上了这位年轻军官，欣赏他的勇气、诗和音乐。她们是他新作的第一批鉴赏者，也是他的知音。在物色战歌创作人选时，底特利希和家人不约而同地想到了鲁热·德利尔。

这天，底特利希市长将德利尔邀请到自己家里。贫困和饥荒笼罩下的斯特拉斯堡，市长家的生活也好不到哪儿去，有粗茶淡饭就已经不错了。

底特利希指着桌上少许的面包和几片火腿，安详地对德利尔说："只要我们的城市还有人气，只要我们的士兵不缺少勇气，就算我们饭桌上的东西少一些，也没有什么。"突然，他像是想起了什么，转身对女儿说："酒窖里还有最后一瓶酒，拿来让我们为自由为祖国干杯吧！斯特拉斯堡要举行一个爱国主义的盛典，德利尔应该喝几杯酒，写出一首能鼓舞人民斗志的歌曲来！"女儿们齐声鼓掌欢呼，取来了酒。

市长女儿给父亲和德利尔斟满了杯子。市长举起杯来，说："来，让我们喝了这杯，也许，德利尔可以从这热烈的液体中获得创作的灵感。"说完，年迈的市长和年轻军官一饮而尽。

夜已深，屋外寒气袭人。德利尔从市长家出来，心里热乎乎的，他已经忘记了严寒。回到自己的住处，他耳边回响着市长说的话，禁不住心潮激荡，幻想驰骋，不由自主就抚动琴键，纵声歌唱起来，唱着唱着，睡意来袭，他不知不觉伏在钢琴上睡着了。

一觉醒来，梦中的词和曲在他脑海里浮现。他一口气写下歌词，谱上音符，随即向底特利希家奔去。

德利尔带着这首《莱茵军战歌》敲开了市长家的门。市长正在后院菜地里为冬季莴苣锄草。这位年迈的爱国者一见到德利尔，立即叫醒自己的夫人和女儿，并叫来几位爱好音乐且能演奏的朋友，随长女一起伴奏。一切安排妥当，德利尔捧着曲谱激昂地歌唱起来。听了第一节，每个人都心潮澎湃；听到第二节，大家都流下了热泪；听到最后一节，人们的狂热爆发了。底特利希、夫人和女儿们、年轻的军官和朋友，哭着、笑着拥抱在一起。他们欢呼：祖国的赞歌找到了！

很快，一些印刷的和手抄的歌片无声地在人们手中流传开来。同年夏天，在远离斯特拉斯堡的法国最南端城市马赛，一支救国义勇军高唱这首令人热血沸腾的战歌开进了巴黎，从此，这支响彻寰宇、震撼人心的战歌就被称为《马赛曲》。1870年，《马赛曲》正式被定为法兰西共和国的国歌。

莫里哀的平民情怀

文学艺术作品大抵都有第一位读者或听众。有心的作家总是在完成作品后，先给自己的挚友或家人阅读，在听取他们的意见作出修改后，再公之于众，法国杰出的戏剧大师莫里哀就是一例。

莫里哀拥有平民情怀，他的作品非常贴近平民生活。他总是在剧本完成后，将家中女仆作为第一读者，把作品读给她听，以此来判定和检验自己作品的魅力。只要是女仆不喜欢的地方，他就会毫不迟疑地加以修改。

莫里哀创作态度严肃，写出来的剧本形式结构严谨，戏剧冲突尖锐鲜明，语言通俗，生动易懂，具有强烈的艺术感染力。他的女仆每次听完剧本以后都说："写得很好！写得很好！"对于这一点，莫里哀持怀疑态度。最初他想，她的文化水平低，看不出什么问题来，是理所当然的事。一些时日后，莫里哀又把写好的新剧本拿来念给她听。她还是说："写得很好！写得很好！"莫里哀还是不大相信。他想，她一味地叫好，也许不是因为文化水平低的问题，而是因为她的仆人身份所致。他虽然这样想过，但也怀疑自己的看法有问题，说不定真实情况不是这样。因此，他总希望以什么方式确定女仆说的是不是真心话。

莫里哀为了证明自己的想法是否有误，有一次，故意拿了一个别人写

的剧本念给仆人听。哪知仆人刚听了几句台词，就打断他说："先生，这大概不是您写的剧本。"莫里哀听她这么一说，大为惊讶，看来，平民的鉴赏力真的不可小视啊。

50岁那年，莫里哀写出了喜剧《心病者》。这部喜剧嘲讽了伪科学，揭露了挂着医生招牌的江湖骗子和轻信骗子的傻瓜。喜剧上演期间，莫里哀因过度劳累，已是重疴缠身。但为了维持剧团开支，他不得不带病参加演出，而且担任了剧中的主要角色。有一次，他病情加重，照看他的女仆劝他不要上场。但他却说："有什么办法？假如一天不演出，我那50个可怜的弟兄又该如何生活？"

仆人拗不过他，莫里哀还是如期登场了。由于病重的身体十分孱弱，他在演出时，不得不经常皱眉和咳嗽。台下的观众并不了解莫里哀的病情，还以为是他表演得逼真生动，一个劲地报以热烈的掌声。就在大幕拉上的刹那，他晕倒在了台上。人们将他抬回家中，给他倒来一碗热水时，他已停止了呼吸。

莫里哀辞世后，因为他对伪科学无情的嘲讽和揭露，教会下令禁止为他举行葬礼。但四天后的晚上，成千上万的巴黎平民却自发地组成了送殡队伍，怀着无言的伤痛为他的遗体送别。

伸进口袋的那只手

在莫斯科的一辆电车上，发生了一起奇怪的扒窃案件。小偷当场被抓住，激动的人群把一位身材高大健壮、穿着一件骑兵外套的男子连推带搡地拥出了车门。

一位老太太尖着嗓门吼叫道："亏你干得出来，你想把别人最后一件衬衫也剥掉吗？"

穿骑兵外套的人再怎么申辩，也无人理睬，民警要求"小偷"出示身份证。

"小偷"伸手掏出一个褐色小本子。"我的身份证没带，"他不安地说，"只有一个苏联作家协会会员证……"

"这种'作家'我们见得多了。"不等"小偷"把话说完，老太太揶揄地说。人群随之腾起一阵哄笑。

在乱哄哄的笑声中，那位穿着破旧、腋下挟着几本书的受害少年，脸涨得通红，站在一旁默不作声。

"孩子，你丢了什么东西？"民警抚慰地问。

少年的脸更红了："我昨天来医学院报到，买书把钱都花光了，刚才买车票用的是我最后几个戈比，我口袋里没钱。"

"哈哈！扒手居然扒窃这么一位'资本家'！"老太太又是一声讥讽，人群中又是一阵哄笑。

民警让少年仔细检查一下自己的口袋。少年顺从地把口袋翻过来。突然，一叠揉皱的卢布掉在了地上。"这不是我的钱，我没有钱！"少年声明道。

人们一下子愣住了。大家惊奇地望着这位"小偷"作家。作家低着头，默然搓搓着手中的帽子。民警也愣住了。像这样一个将手伸进别人口袋里，将钱留给别人的"小偷"，他还是第一次碰到。

"阿尔卡蒂·彼得罗维奇·盖达尔"，民警低声念出了作家协会会员证上的名字。

"您是盖达尔？！"少年喊出声来，"我读过您写的许多书啊！"

"盖达尔，他是盖达尔！"刹那间，人们脸上浮现的是崇敬和爱戴。人群后面的孩子们拼命往前挤，想看看这位心目中的作家。

盖达尔移步离开时，那个刚才喊得最凶的老太太猛地抓住了他的手，把他拉到了一边，从肩上的布口袋里，拿出了一只红苹果："拿去吧，好人！难道还要我悄悄地把它塞进你的口袋吗？"

赠人钱物，不忘记赠人以尊严，这该是一种怎样的境界？可以说，盖达尔那只伸进少年口袋中、乐善好施不事张扬的手，送出了由心而生的善意，也将属于他的人性关照，润物细无声般注入了他人的心田。

巧应妙答，捍卫尊严

日常生活中，特别是名人与常人交往的过程中，常会遭遇突如其来、意想不到的问话，这些问话或是刁难，或是嘲讽，或是不怀好意，或是有伤自尊……一不小心，就可能使人置身于尴尬不堪、无地自容的境况。这样的时候，就需要有急智应对的语言能力，以巧应妙答化解窘境，规避不堪，捍卫尊严。

一天，英国著名散文家查尔斯·兰姆在大庭广众前朗诵自己的散文，听众中有人故意发出嘘嘘的怪叫声，兰姆当即停止了朗诵，平静地说："据我所知，只有三种东西会发出嘘嘘声——蛇、鹫鸟和傻子，你们几个能到台前来，让我见识一下吗？"捣乱者自知没趣，灰溜溜地钻出了会场。

丹麦童话作家安徒生衣着简朴，常戴着破旧的帽子在大街上行走。有个行人刻意嘲笑他："你脑袋上边的那个玩意儿是什么？那能算是帽子吗？"哪知安徒生却回敬道："你帽子下边的那个玩意儿是什么？那能算是脑袋吗？"

有一次，德国著名诗人歌德在公园散步，在一条仅能让一个人通过的小路上，遇到了一位批评家，两人迎面越走越近。"我是从来不给蠢货让路的！"批评家傲慢地向歌德走过来。"我倒正好相反！"歌德说完，笑

着退到了路边。

一天晚上，与德国诗人海涅同住一室的旅行者，对海涅讲述他在环球旅行中发现的一个小岛。他对海涅说："你猜猜看，在这个小岛上有什么现象最使我感到惊奇？""什么现象？"海涅好奇地问道。旅行者狡黠地笑了笑，恶意嘲讽说："在那个小岛上，竟没有犹太人和驴子！"海涅就是犹太人，一听这家伙在影射自己，他不动声色地反击说："如果真是这样的话，那么只要我和你到小岛上去一趟，就可以弥补这个缺陷了。"

乌克兰诗人谢甫琴科有一天受到沙皇接见。召见的时候，宫廷中笼罩着一派威严肃穆的气氛，文武百官和各国使臣都诚惶诚恐地向沙皇深深鞠躬致敬，唯独谢甫琴科凛然站在一旁。沙皇大怒，问道："你是什么人？"诗人平静地回答："我是格里戈耶维奇·谢甫琴科。""你为什么不鞠躬？我是一国之君，举国上下，谁敢见我不低头？"谢甫琴科看了看沙皇，沉着答道："不是我要见你，而是你要见我。如果我也像周围这些人一样在你面前深深弯腰，请问，你怎么能看得清我呢？"

俄国作家赫尔岑年轻的时候，有一次应朋友之邀去听音乐，演出不久，赫尔岑就十分厌烦地双手掩耳，打起瞌睡来。女主人对赫尔岑的举动感到奇怪，便推了推赫尔岑："先生，你不喜欢音乐吗？"赫尔岑摇摇头，指着乐池说："这种又低级又轻佻的音乐有什么好听的！"女主人惊叫起来："你说什么？这里演奏的可都是流行乐曲呀！"赫尔岑心平气和地反问女主人："难道流行的东西都是高尚的吗？"女主人不高兴了："不高尚的东西怎么能流行呢？"赫尔岑风趣地说："无疑，流行感冒在你看来也很高尚喽！"

谐亦庄，真性情

常人的性情可以通过言谈窥见一二，名人当然也不例外。事实上，名人的性情更为突出，或沉着冷静，或急智敏锐，或坦荡风趣，或幽默含蓄……其性情的显露，往往在简短的交流之中。

英国著名的小品文作家和文学批评家查尔斯·兰姆。有一次在宴会上与一位非常啰嗦、非常愚蠢的妇人毗邻而坐。这妇人唠唠叨叨，没完没了，后来发现作家根本没有理会她，她十分生气，斥责说："怎么我跟你说话，好像你一点也没有开窍似的！"

兰姆笑了笑，接过话茬，沉静回答说："是的，夫人，我是一点都没有开窍，但坐在我对面的那位先生一定是开窍了，因为你的话都从他的一个耳朵进，一个耳朵出了。"

杰克·伦敦许诺给纽约一家书店写一本小说，却迟迟没有交稿。书店编辑一再催促均无结果后，便往杰克·伦敦住的旅馆打了个最后通牒式的电话："亲爱的杰克·伦敦：如果 24 小时内我还拿不到小说的话，我会跑到你屋里来，一脚把你踢到楼下去。我可从来都是说话算数的。"

杰克·伦敦回应说："亲爱的迪克：如果我写书也手脚并用的话，我也会说话算数的。"

威·豪威尔斯长得很胖，但他同大多数胖子一样，性情很开朗。一天，一个又高又瘦的朋友来拜访他："啊，豪威尔斯，"这个朋友说，"如果我像你这样肥胖的话，我就上吊自杀了。"

豪威尔斯答道："如果我决定接受你的建议，我同时还决定就用你来当上吊的绳子。"

沃尔特·佩奇当编辑时，和所有的编辑一样，免不了要退回许多别人的稿件。一次，一位女士给他写信说："先生：上周你退给我一篇作品。我知道你没有读完它，因为我为了检查你们是否尽职，我把18页、19页、20页粘在了一起，稿件退回来时这3页仍然粘在一起。所以我知道你是一个骗子，读也没读就把稿件退了。"

佩奇回信道："太太，今天早饭时我吃了一个鸡蛋，还没有吃完我就发现它是坏的。"

查理·兰姆的倔强性格和文学气质很不适应商业公务员那种刻板的生活。一次，上司对他说："兰姆先生，我注意到你每次到办公室都很晚。"

兰姆脱口回答说："是的先生，但你也应该记住，我走得总是很早。"

有一年"愚人节"，纽约的一家报纸跟马克·吐温开了个玩笑，报道说："马克·吐温某月某日辞世了。"

当马克·吐温亲自迎来那些个吊唁的朋友时，许多人又惊讶，又气愤，大家纷纷谴责那家不负责任的报纸，但是马克·吐温一点也不发火，而是诙谐地说："报纸报道我死是千真万确的，不过把日期提前了一些。"

第二次世界大战期间，托里斯坦·贝尔纳在巴黎被德军逮捕。被捕后他说："在此之前，我每天都生活在恐惧之中，可是今后我就怀着希望，一定能够生存下去。"大战结束，他从狱中出来已是70高龄。不久，他受邀出席一所以他的名字命名的学校的开学典礼，他看见自己的姓名以斗大的金字写在学校大门的上面，就慨叹道："我宁愿看见我的名字以红色的小字写在学生名册上。"

这位著名剧作家十分惧怕生命的消逝。另一次聚会上，有人问他："你愿意做个什么人？"他答道："任何一个在 2000 年还活着的人。"

美国女作家维奥斯特在 21 岁生日那天，穿着盛装，随父亲出了门。途中，她进了厕所。在洗手间照镜子时，她为自己的美丽得意得不能自已。从洗手间出来，姗姗下楼时，她发现人人都在看她。

她微笑着对站在不远处等她的父亲说："我知道我很漂亮，但有这样引人注目吗？"父亲幽默道："我想他们是在看你身后的东西，顺便看了看你。"她回头一看，天啦，只见她的鞋后跟沾着草纸，一卷草纸正跟着她卜卜有声地滚下楼来。这以后，得意之时，她总会不由自主地回头看看身后有没有一卷草纸。

马雅可夫斯基在一次大会上讲演。他的演讲尖锐、幽默，锋芒毕露，妙趣横生。女速记员时而在速记簿上写道："笑声、掌声、暴风雨般的掌声。"

忽然有人喊道："您讲的笑语我不懂！""您莫非是长颈鹿！"马雅可夫斯基感叹道，"只有长颈鹿才可能星期一浸湿的脚，到星期六才感觉到。""我应当提醒你，马雅可夫斯基同志，"一个矮胖子挤到主席台上嚷道："拿破仑有一句名言：从伟大到可笑，只有一步之差！""不错，从伟大到可笑，只有一步之差。"他边说边用手指着自己和那个人。

作家笔名的寓意

拥有笔名的作家，都会有原名。笔名和原名都是名字，里面可能寄予了些什么，或者根本就是一个符号。应该说，笔名和原名是没有本质区别的。当然，不是谁都可以拥有笔名，笔名，是作家身份的标识。作家用笔名，有时是为了生存的需要，以免带来不必要的麻烦；有时是信手掇拾，并无深意；更多的，寄寓着作者的意志、理想或希望。有特色的文笔，配以好的笔名，最能给人留下深刻的记忆。

鲁迅原名周树人，在《新青年》发表中国现代文学史上第一篇白话文小说《狂人日记》时，首次使用笔名"鲁迅"。在"鲁迅"之前，还曾用过"迅行"等140多个笔名，最终以"鲁迅"闻达天下。据鲁迅挚友许寿裳回忆，周树人以"鲁迅"为笔名，原因有三，一是他的母亲姓鲁；二是历史上周鲁是同姓之国；三是取愚鲁而迅速之意，这无疑是用以自勉。

鲁迅在《晨报附镌》发表小说《阿Q正传》时，曾用笔名"巴人"，取"下里巴人"之意。鲁迅逝世后的第三年，王任叔出于对鲁迅的景仰爱戴之情，借用鲁迅这一笔名作为自己的笔名。这个笔名一出现，就遭到当时上海反动文人的咒骂，他们在"巴人"前冠以王任叔的本姓，把"巴人"写作"王巴人"。四十年代王任叔到南洋，常用"巴人"的笔名发表文章，竟有人写信质问其为何剽窃鲁迅的笔名来用。王任叔不因为被这些人指责、诅咒而停止使用这个笔名，干脆将"巴人"作为自己唯一的笔名一直沿用。

巴金原名李晓棠，1927 年，他旅居法国时，认识了几个朋友，其中一个叫巴恩波。不久，巴恩波投水自杀，他深感痛苦。后来取定的笔名"巴金"的"巴"字即用这个朋友之姓。至于笔名中的"金"字则是他的一个安徽籍朋友想到的。当时，他正译完克鲁泡特金的《伦理学》前半部不久，这部书的英译本还摊在桌上，那个朋友听说他要找一个容易记住的字作为笔名的名，就开玩笑地说出了"金"字。他采纳了朋友的意见，从此，"巴金"这个笔名诞生了。1928 年 8 月，他首次在长篇小说《灭亡》上署用笔名"巴金"。叶圣陶读了《灭亡》以后，觉得非常好，就将它发表在《小说月报》上。于是，"巴金"的名字在文坛上开始为人熟知。

诗人艾青原名蒋海澄。1931 年"九一八"事变爆发时，艾青正留学法国。同许多留法的中国青年一样，他在巴黎遭到歧视和侮辱。一天，他到一家旅馆住宿登记，旅馆人员问他的姓名，艾青说叫蒋海澄，对方误听为"蒋介石"，便马上嚷嚷开了。艾青一气之下，就在"蒋"的草字头下面打了一个"×"，又取"澄"的家乡口语谐音为"青"，在住宿登记簿上填上了"艾青"二字。此后，这名字作为笔名被他沿用一生。

茅盾原名沈德鸿，字雁冰。1927 年 8 月，他遭国民政府通缉，不能用真名发表作品。在完成长篇小说《幻灭》之后，他署名"矛盾"投寄《小说月报》。取"矛盾"这个名字，是因为他看到了生活中和思想上的很多矛盾。代理《小说月报》编务的叶圣陶先生觉得"矛盾"二字一看便是假名，怕引起政府注意惹出麻烦，便信手在"矛"字上加了一个草头，"茅盾"的笔名就此诞生了。

老舍原名舒庆春，他把"舒"字拆成"舍""予"两字，取名"舒舍予"，后来干脆叫起"老舍"来。之所以这样，是习惯于北方的朋友会面时亲热的叫法，如"老王、老马"等。另外，又有舍己为人、奋发励志、"舍我其谁"

之意。

　　笔名是作家处于写作状态时产生的一个符号，它有无寓意，因人而异，因时而殊。对于胸怀人间冷暖，关注天下苍生，富有道义感、责任感的作家，笔名或者就是一面旗帜，一声号角，一座丰碑，它带着飘扬震撼、激越深邃、秉直刚正的意味，以文字跟进的方式，永不懈怠地深入世人内心，唤醒世人心中潜在的美好和明媚。

第四章

活成一支气象万千的小夜曲

一个人，

在职业的此岸越是孤陋寡闻，

在天赋的彼岸就越有可能接近无限。

职业上的心机和与生俱来的才气，

是互为排斥的两种人生状态，

一个人职业上的心机多了，

特别的才气就会短少。

活成一支小夜曲

　　不是所有的文字都山高水长，深远厚重，气势恢宏；不是所有的人生都似金戈铁马，大江东去，万丈豪情；不是所有的生活须关西大汉执铜琵琶、铁绰板，方能演绎。其实，凡俗的生活，很多时候，只合十八女郎，执红牙板，歌"杨柳岸，晓风残月"，这种鲜活柔曼的小资情调，如教人辗转反侧的宋词小令，如轻音乐，如小夜曲，暖心润肺，优美抒情。

　　以小夜曲闻名于世的莫扎特、舒伯特、古诺、海顿等，将人生活成了小夜曲的模本。莫扎特歌剧《唐·璜》里的小夜曲，是歌者在少女窗前弹着曼陀林歌唱的典型的小夜曲，缠绵婉转，悠扬悦耳。舒伯特的《听，听，云雀》，是一首晨光初现时吟唱的小夜曲，曲调清新，旋律轻盈，伴以拨弦乐器的声音，创造出优美恬静的意境。古诺为雨果诗作谱写的小夜曲，流传不衰，具有摇篮曲风味，丝丝缕缕，如青烟在晚风中飘荡。海顿的《F大调弦乐四重奏》第二乐章"如歌的行板"，是一首典型的器乐小夜曲，将抒情、奏鸣、交响、协奏融于一体，美不胜收。

　　把或长或短的人生，活成小夜曲的，除了音乐家，更多的，是诗人。多感的诗人常常以美丽的生存体验，弹拨生命中的小夜曲。那份美丽的体验，恰似一朵又一朵安详的花，泊于午夜中央，轻声歌唱。很多时候，生

活的谜底一旦被揭开，就会简单得像一张在生活之火中，缓缓地燃为灰烬的白纸。

戴望舒的《雨巷》，分明就是一支哀婉迷离的小夜曲："撑着油纸伞，独自彷徨在悠长、悠长又寂寥的雨巷，我希望逢着一个，丁香一样地，结着愁怨的姑娘。她是有丁香一样的颜色，丁香一样的芬芳，丁香一样的忧愁，在雨中哀怨，哀怨又彷徨……"这首诗，反映了当时许多失去了理想、火把和方向的年轻人的彷徨心态。它以意识流动的笔法，简约独特的意象，塑造了一位"结着愁怨"的、丁香一样的姑娘，这个朦胧而迷离、让人们有纷繁解读的形象，正是戴望舒追求美好人生而不得的写照。命运多舛，在人生曲折中行走的戴望舒，用自己孤独的灵魂，敏感的心灵，不倦的思索，温暖了无数迷茫的人，也温暖了那个寒气袭人的时代，留下了朦胧含蓄的心灵震荡。

郭沫若的《静夜》，是一支令人回味无穷的小夜曲："月光淡淡，笼罩着村外的松林。白云团团，漏出了几点疏星。天河何处？远远的海雾模糊。怕会有鲛人在岸，对月流珠？"20世纪二十年代，诗人行单影只地站在海边，对月吟哦，字里行间充溢着失望，也流露出对祖国、家乡和亲人的思念之情。通过对月光、松林、白云、疏星的描写，展现出一幅幽静美好的"月夜晚景图"，把读者带入一个超越现实的梦幻世界。由地上到天上，由现实到鲛人传说，诗人面对苍茫宇宙，敞开胸怀，诉说郁积已久的忧愁。那淡淡的忧伤，一如漏出的疏星；朦胧的月色，令人陶醉和回味。

徐志摩的《再别康桥》，则是轻盈柔美的小夜曲绝唱："轻轻的我走了，正如我轻轻的来；我轻轻的招手，作别西天的云彩。那河畔的金柳，是夕阳中的新娘；波光里的艳影，在我的心头荡漾……"这首诗，将诗人自己对生活的体验化作缕缕情思，融汇在所抒写的康桥美景里，宛如一曲优雅动听的轻音乐，形象鲜明、意境深刻、音韵生动，以真心写真情，淋漓尽致地凸显出诗性之美。灵性的夕阳、金柳，柔波、青荇、清潭、虹影、木船、

星辉、新娘等，虚虚实实，巧妙地演变成一幅幅优美绝伦的图景。诗行之中，音乐美、绘画美和建筑美，合着诗人的情感节拍起起落落，交融出天衣无缝的氛围，营造出荡气回肠的意境。

生而为人，各有各的活法；心灵文字，各有各的写法。有人粗犷豪放，适于慷慨悲歌，字里行间引经据典，铺陈万千气象，读来余味无穷；有人禀赋天成，精于自然婉约，清和明畅，意致绵密，可直入内心，"状难状之景，达难达之情"，他们就这样随心随性地活着写着，一不经意，就将自己活成了美轮美奂、教人流连回味的小夜曲。

孤独而温情的诗人

闲暇读诗品诗，我不能说，我深入了诗人的内心，参透了诗人的灵魂。但从字里行间，我看到了诗人们旷世的孤独，以及诗人内心深处浓重得化不开的忧患和温情。

孤独而温情的诗人，大抵都是寂寥的、迷茫的、怅惘的，内心深处的温暖和柔软，沉郁和苍凉，以及所有隐隐作痛却不为人知的暗涌，在千回百转的生命进程中美丽着深刻着。在身体之外触摸灵性，在灵魂高处苦苦挣扎，在字里行间抒发着温暖和苍凉："像微弱的雪花，像最小的善意、最轻的美，汇集起来，竟如此声势浩大，一片一片。寒冬的滞重，被缓慢而优美地分解。"

透视古老历史的时候，孤独的诗人像高悬于天空的雄鹰，俯视着岁月留在大地上的痕迹，在细节里寻找废墟下掩埋的残片。远古的场景深邃而厚重，那里有一些无法触摸的、只能站在想象之外的历史的苍凉，它导引人生从旧的废墟出发，走向新的废墟。"历史，在有意无意之间，漂泊了混沌又迷茫的岁月。能透视浮云的，是一只散大的瞳孔。被抽象的茫茫人海，用灵魂去预见死亡，用死亡去审视生存，感觉不同，结果相同。历史揭示一个荒唐的本我，儒家演绎一个善恶的超人。"

诗人的思考，总联系着人类的生存和命运；诗人清醒地思考着一切，一切的思考又让他们陷入忧郁和迷蒙。于是很多时候，诗人的内心在呼喊，外在却石头一样沉默，用石头的语言思考，用风的腿行走，把云穿在身上，蜷缩在自己的灵性里，忧郁着寂寞着。常常在夜深人静时，听到一些遥遥相对的倾诉，像冰河坍塌，如水漫城池。行走的人类，无法在人间温暖里停驻，必须决绝地行走，义无反顾地行走，无奈而伤感地行走："走在西风与落叶之上，薄凉的影子如同暗淡云絮，但比云絮虚幻。途中，那个人一直不曾回头，走得坚定决绝。无从知晓，去往何方，天边等待他的又是什么？我见到的，仅仅是极目之处一个人被风吹起，吹落，行走在消失中。他已经走出自己的身体，已经将大地走成了空旷，仿佛背后的世界，被深深遗忘，或丢弃在，绵延不绝的清寂的霜白里。"

暗涌般的诗性流动有着不可阻隔的气韵，裹挟着熟悉的场景在眼前展现铺陈，渐渐的，牵扯出一根根柔软的情思来，抑或与母亲有关，抑或与父亲有关，抑或与爱情有关……一切的一切，轻盈灵动。这样的时候，没有失意，没有落魄，生命的纵深处，只存在着与生俱来的、不由自主的回味和惦念；这样的时候，如触痒的家园，幽灵般飘过心底，一些梦，一些草絮，一些强有力的闪电，一些疼，一些久久散不去的爱的味道，在血液里沉淀。"永远的家园，常常在心头弄出一些触痒，美丽的家园，永远有珊瑚的夕阳映照，屋前屋后稻浪汹涌，庄稼地里挑回的玉米棒，一嘟噜一嘟噜的金黄。于是，每一个安谧的夜晚，我的家园，有母亲轻声欢快的吟唱，劳累了一天的父亲，擦干汗水点上烟卷，有一份难得的闲适和满足；于是，家园若门前的小河，流啊流，总流在我四季的梦乡。"

生命渐入禅境，这样一种原始的回归，淡泊而宁静，将本真和争名逐利隔绝开来。生命莹澈如玉，亮丽如星，悬挂在灵魂高处。一如香茶之于滚水，为之缓缓舒展蜷曲的身子，透现出清丽、脱俗、飘逸："饮我，在你干渴时；能以水的方式亲近你，是我此生的造化，我平生的机遇便是，被你泡成清亮的一杯，而后啜饮，慢慢的、细细的，品出干涩清凉。"

　　孤独而温情的诗人，用本真的声音诠释着繁复却简单的生活，演绎着从内心深处蜂拥而出的，与生存和命运血脉相融的无限深情。正如《两天》中渲染的情景："我只有两天，一天用来出生，一天用来死亡；我只有两天，一天用来希望，一天用来绝望；我只有两天，一天用来想你，一天用来想我；我只有两天，一天用来路过，另一天用来守候。"

一个女人的优雅倾诉

在文字中浸润久了，思维定向了，打结了，便会偷闲看看书画之类的东西。一次偶然，进入以工笔画《两面性》一举成名的女画家高茜优雅静谧的私绘画世界，别是一份惊喜。她的作品既不能用山水、花鸟或人物来归类，又不等同于西方的静物画。静物画里没有活生生的动物，可属于她的画面却时常飞舞着蜻蜓彩蝶。

高茜的私绘画作品在继承传统工笔绘画技法的基础上巧妙融入了西方艺术的古典趣味和现代观念，构图机巧，色彩典雅，手法细腻自然，别具韵味。在技法上，高茜表现出古典式的、学院式的文人画传统，这也许得益于金陵深厚的文人画底蕴。她的作品，画面空灵、开阔，线条如春蚕吐丝般严谨，但笔意中又显然透露出女性的纤细和娟秀。桌椅镜匣、瓶盏布幔、云天水域、花鸟鱼虫……这些日常的物件和景致，经由画家浪漫的想象和绵密的思虑，在笔端呈现出一幅幅颇有意味的梦境般的画面。那些镜中云天、瓶中金鱼、扑火飞蛾、悬空华服……柔美而脆弱，带着淡淡的忧郁，同时也透露出一种隐秘的渴望与激情，仿佛是魔法水晶折射出的画家内心飘渺的幻境，更像是一个午后白日梦者醒来时的片段记忆。一种平常而又

118

非常的室内静物摆放方式，使人产生看似不合常理而又非常合理的心理感受，强迫观者产生记忆，不知不觉融入她的世界。

将一种私人化的心灵体验方式带入创作，将西方现代绘画中的一些构成方法和超现实主义表达方式结合进自己的作品，以自己的艺术方式不断挖掘自我丰富的内心体验和情感，诠释自己对于绘画和生活的理解与感悟，是高茜绘画一如既往的风格。高茜作为一女子，典雅精致，有着水样的温柔，绣花针般的细腻心思，她引领你进入的总是优雅静谧的美妙世界。她一些作品的标题如《若屐若梨》《蝴思乱想》《薇机四伏》等，处处体现着女画家细腻的情思和奇妙的构想。

透光的竹帘变为柔光的薄纱，雕栏的玉砌变为矗立的单元，细刻精雕的家设变成几何平直的桌椅，寂寞无人的庭院变成车水马龙的街道，一切都在改变，只有心中弥留着的某种清冷心境，并没有因时代的不同、环境的差异而消失。高茜就是这样，她的画以闺房物件为主，比如高跟鞋、蕾丝睡裙等，传达着女性世界的柔美。空疏寂静的画面上仅有一只纤巧秀丽的女鞋，纹彩轻灵的蝴蝶在瞬间驻足鞋边，又闪翅欲飞；或是古意高雅洁白的梨花轻轻地依靠在现代感极强的悬挂着的蕾丝睡裙上，既有传统的美感又有不落俗套的时尚元素，意象如此单纯的画面却引人无限遐想，看似空无宁静的景象，却让观者从亦静亦动的空寂中触摸到一种敏锐的思绪。画面融精致细腻的传统技法于有情节、有内容的意象表达之中，将古今中外糅合得不露一丝痕迹。于她而言，绘画就是生活日记，无论对着一盏茶还是一杯咖啡，对于高茜而言，都适合在花园的芬芳里沐浴月华的静谧美丽。

高茜的画需要静下心来阅读，只有这样才能深入画面冷静和缓的色调，以平静闲散的音乐方式，一丝丝地，倾听到一女子喃喃动人地对世界说出

自己内心的隐秘。读高茜的绘画，浏览的是尘世间直入心扉的美丽。那一遍遍不厌其烦的，看似简单的、机械的描摹，最能让人深切感受一个闺阁女性的温婉之美。恰似一个她与另一个她的闺中对话，呈现出现代都市女性自我生存状态的萌动和表达。与她志同道合的夫君张见曾说："她会顺着女性特有的细腻思维来凸显画面，让你听懂她的倾诉。"

美丽的米氏云山

　　米芾集书画家、鉴定家、收藏家于一身，收藏宏富，涉猎甚广。他对历代绘画的优劣得失了然于胸，善于改变传统的绘画程式和技术标准以达到新的趣味。因此画史上有"米家山""米氏云山"和"米派"之说。

　　米芾一生以书家自居，作画不多。宋人邓椿云："公（米芾）字札流传四方，独于丹青，诚为罕见。"米芾的绘画成就主要在山水画上。他不喜欢危峰峻岭的北方山水，唯钟情江南的秀山丽水。米氏云山的独特神韵，是用大小错落的横点点饰出山的形状，上密下疏，上浓下淡，点与点之间自然随意地留出空隙，笔笔可见，云气以淡墨空勾并渲染，树枝多用浓墨简洁勾出，以大浑点作叶，山脚坡岸以淡墨卧笔横扫，此画法是前无古人的独创。《宋史》称"米芾在艺术上独具慧眼，有着超凡的感悟力。"

　　米芾在山水画上的建树，缘起于他喜欢把玩异石。一天，他在镇江南郊黄鹤山找石头，没找到一块称心如意的，便来到山下鹤林寺歇脚。在鹤林寺一间非常幽雅的小阁楼里，他随手打开窗子，只见远处重峦叠嶂，气势浩渺；山头云雾缭绕，变化万千。天啦！如此美景，他是第一次看到。一时兴起，他令人找来文房四宝，一心要将这美景画下来。

　　窗外远山透适，烟云掩映，用一般的传统技法是画不出来的。在阁楼

窗前，米芾一会儿放眼远望，一会儿闭目沉思，有时又摇头晃脑，如痴如醉，手中的笔有如神助在宣纸上点点戳戳。没多大工夫，有人在旁连声称妙。米芾将眼光从窗外收回，朝宣纸上一看，自己也大吃一惊：原来，宣纸上竟出现了一幅别具一格的山水画，山和云雾全是水墨一点一滴点染，虚虚实实，浑然天成。

米芾画过不少画，但画出这样得意的作品是头一回，于是就在画上题了"鹤林烟云"四个字，写上名字，盖了印章。旁边看画的人是寺中和尚，他见了米芾的题款，执意索要这幅画，并承诺答应米芾提出的任何条件。米芾只好割爱，在和尚为他新砌的房子里住了下来，一有闲暇，就用画"鹤林烟云"图的水墨点染技法作山水画，久而久之，就形成了独特的"米氏云山"画法。

"米氏云山"的曼妙动人绝非妄说。有一回，应金国国主请求，宋仁宗派丹青高手米芾画《西湖山水图》。米芾奉命在西湖胜景游览半月，画好一幅草图，请柳永配词。柳永看过草图，说："这幅画画出了西湖之美，熟悉西湖的人一看就知道是西湖。但没有画出钱塘之雄，缺少自然美的宏伟气势。柔媚之美，让人有倾慕之情；雄伟之美，让人有敬畏之心。若补上钱塘之怒涛，则可昭示民族尊严，让其不敢妄生邪念。"

是夜，钱塘江发潮，米芾、柳永等应钱惟演之邀前往海堤观涛。月光下，江水潮水如两军生死交锋，汹涌澎湃，白浪击空，撼人心魄。看过这一壮观景象，米芾将画推倒重来，既画出了西湖之美，又凸显了钱塘之雄。是夜，柳永也来了灵感，填了一曲《望海潮》："东南形胜，江吴都会，钱塘自古繁华。烟柳画桥，风帘翠幕，参差十万人家。云树绕堤沙。怒涛卷霜雪，天堑无涯。市列珠玑，户盈罗绮竞豪奢。重湖叠巘清嘉。有三秋桂子，十里荷花。羌管弄晴，菱歌泛夜，嬉嬉钓叟莲娃。千骑拥高牙。乘醉听箫鼓，吟赏烟霞。异日图将好景，归去凤池夸。"

完成画作，米芾携词带画一到汴京，便命其爱子——著名书法家米友仁将《望海涛》抄写在画上。宋仁宗见画后，连声称好，说是难得的词曲书画四绝，堪称国之瑰宝。便让米芾重画一幅交给金国来使，这一幅就留在了大内珍藏。

怎么也没有想到，金主见到米芾之画、读过柳永之词后，勃发野心，发誓要夺取"有三秋桂子，十里荷花"的富丽江南，拥有这片神仙境地。如此一来，正中一干小人的下怀。欲加之罪，何患无辞，他们趁机诬陷，就这样，美丽绝伦的米氏云山，让米芾猝不及防地陷入了一场人生厄难。

最后的生命画卷

　　"麦田点燃大地，鸦群被命运驱赶，上下翻飞。鸣叫或者沉默，直到激情与色彩互融，挣扎成为舞蹈，幕后的神秘慢慢消解。躁动的漩涡走到尽头，什么样的平静汹涌而来？"这首诗，是梵高的弟弟提奥为油画《乌鸦群飞的麦田》悉心写就。挣扎躁动的意象，将乌鸦在麦田上空群飞的场景渲染得淋漓尽致。

　　麦田上之，坐在画架前的梵高，该有一种怎样的心境？乌鸦逼近麦田，一道道黑影直抵心灵；乌鸦群飞，一场盛宴即将开演。回光返照的天空，暗影裹挟着乌云，以锋利的喙逼近麦田，将整片麦田恣意消化。无论晨昏，金色麦田上的麦子，在黑色恐怖的背景下，以粗线条的堆砌，点燃一只耳朵的听觉，一颗心的呼声。

　　也许是一种宿命，就在完成这幅画作的第二天，梵高又一次来到这块麦田，对准自己的心脏，扣动了扳机。

　　这幅画上，有人们熟悉的属于梵高的特有的金黄色。这种明亮绚丽的色泽，在这幅画中却充盈纷扰的不安和阴郁：乌云密布的沉沉蓝天，死死压住金黄色的麦田，沉重得教人透不过气来；空气似乎凝固了，一群凌乱低飞的乌鸦和波动起伏的地平线，加以狂暴跳动的激荡笔触，更增加了画面的压迫感、反抗感和不安感。画面极度骚动，处处流露出紧张和不祥的预兆；绿色的田间小道在黄色麦田中伸向远方，这更增添了情绪的不安和激奋，恰似一幅色彩和线条组成的无言绝命书。这幅画作一反往常充满激情的线条和火热的色彩，大块的明，大块的暗，线条扭曲，运笔怪异，近于痉挛，表现出他作画时疯狂、压抑、孤寂的情绪。

梵高的一生，才华横溢，作品众多，对金钱漠不关心。他要的是了解生活，描绘生活。他的生活来源，来自于弟弟提奥。但他总是把提奥寄来的生活费大部分用在请模特儿和买绘画材料上，经常弄得身无分文，没有食物。他请来的模特西恩劝梵高把寄来的钱留作家用，而梵高坚持绘画第一，西恩只好绝望而去。

他常有疯狂的举止。有一回，在生活极端困难的情况下，他想在阿尔创立沙龙"友人之家"。他巴黎的画友高更来到阿尔，同他热烈讨论艺术问题，因意见不一同他争论起来。这时，梵高竟不管不顾，拿起刀片扑向了高更。还有一次，梵高在阿尔认识了 16 岁的小姑娘拉歇尔。拉歇尔天真调皮，她拧着梵高的耳朵说："你来这儿，如果没钱，就把耳朵割下来送给我。"梵高果真把自己的耳朵割下来，用毛巾把满脸是血的头包好，又用纸把耳朵包好，送给了拉歇尔。拉歇尔打开一看，吓得晕死过去。

正因如此，他为人处世总是让人难以接受，甚至连他的母亲也不例外。他在世时仅有《红色的葡萄园》一画售出。梵高离世后，他的弟媳乔安娜整理出了梵高堆积如山的油画和素描，以及写给提奥的几百封信。随着书信集的出版，梵高渐渐为世人所知。此后，乔安娜开始为梵高画作办画展，如此一来，梵高的绘画名望与日俱增。梵高的母亲呢？活到了他儿子成名的那一天，在她最后的日子，常常为曾经不理解儿子，扔过儿子心爱的画作而抱怨不已。

此岸职业，彼岸天赋

　　职业的存在，让人们在社会分工中通过专门的技能获取物质报酬，并赖以生存。职业，让人类社会处于有序的、相对稳定的劳动状态中。人类天赋的存在，可以在一定程度上加强一个人的职业技能。独特禀异的天赋，则可以通过微小的差别带来巨大的变化，让极致的更加极致，引领人们取得意想不到的成功。

　　犹太心理学家弗兰克尔，二战期间被关在纳粹集中营，父母、妻子、兄弟都死于纳粹魔掌，只剩下唯一的妹妹。他本人也受到严刑拷打，朝不保夕。有一天，他赤身独处于囚室，忽然间，有一种全新的意识神一般降临。当时，他只知晓这种自由是纳粹军人永远无法剥夺的。在客观环境上，他完全受制于人，但自我意识却是独立的，超脱于肉体束缚之外。他可以自行决定外界的刺激对自身的影响程度。换句话说，在刺激与回应之间，他发现自己还有选择如何回应的自由与能力。他在脑海中设想各式各样的状况。譬如说，获释后将如何站在讲台上，把这一段从痛苦折磨中获得的宝贵教训，传授给学生。凭着想象与记忆，他不断修炼自己的意志，直到心灵的自由终于超越了纳粹的禁锢。

　　这种超越，感召了其他的囚犯，甚至狱卒。他协助狱友在苦难中找到生命的意义,寻回自尊。处在最恶劣的环境中,他运用难得的自我意识天赋,同所从事的心理学职业结合起来,发掘出人性中最可贵的一面。这就是后来被命名为"人类终极自由"的学说——作为人类,有着不同于动物界的独特天赋,即有"选择的自由",有"想象力",能超出现实之外;有"良知",能明辨是非善恶;有"独立意志",能够不受外力影响,自行其是等。

天赋带来成功,常常让当事人浑然不觉。牛津大学数学教授卡洛尔在自己的专业领域并没有混得风生水起,却一不留心在另一个不经意的领域玩得活色生香。相传当年维多利亚女王看过《爱丽丝梦游仙境》的故事后,爱不释手,下令收集作者卡洛尔的所有著作,准备大快朵颐,结果收上来的除了描述扑克牌或文字游戏玩法的小手册之外,多是深奥难懂的数学论文。

事实上,卡洛尔一生以做一名数学教授为荣,怎么也没想到自己的天赋与所从事的数学专业,会在另一个奇异世界里发生化合反应,并放射出举世瞩目的光彩。卡洛尔在《爱丽丝梦游仙境》之后,续写了《爱丽丝镜中奇遇》,这两部包含许多数学、逻辑、益智游戏和各式各样奇特英文诗的童话,成为英国最畅销的儿童读物。对童话《爱丽丝梦游仙境》的发表,他羞于用自己当大学教授的真名查尔斯·道奇森,随手用了卡洛尔这个笔名。结果查尔斯·道奇森这个数学教授的名字湮灭在数学王国的高山深壑,刘易斯·卡洛尔这个童话作家的笔名却在童话世界熠熠生辉。

生存依赖于职业,成功得益于天赋。一个人,在职业的此岸越是孤陋寡闻,在天赋的彼岸就越有可能接近无限。职业上的心机和与生俱来的才气,是互为排斥的两种人生状态,一个人职业上的心机多了,特别的才气就会短少。有道是"有心栽花花不发,无心插柳柳成荫"。天赋的存在,正是让一个人"无心插柳柳成荫",走向成功彼岸的不二法门。

传世名著的背后

大凡有成就的作家，他们的背后，总有那么一个群体或个体，在默默地关注和关照着，正是有这些关注和关照，他们的生命才拥有毋庸置疑的成就，甚或成为现实生活中不朽的传奇。

1837 年，对美国作家霍桑来说，是至关重要的一年。这一年，他出版了第一部短篇小说集《重述的故事》，几乎没什么反响。但与一位名叫苏菲亚·比勃地的姑娘的相识，改变了他整个的人生。5 年之后，这位苏菲亚小姐成了他的妻子。苏菲亚不是个一般的女子，她不仅有着极丰富的文学灵感和高雅的美学趣味，而且十分温柔、贤惠。1846 年，霍桑的同学——富兰克林·皮尔斯成了美国第 14 任总统，在总统的推荐下，他当上了一个海关的稽查长。可是，好景不长，随着皮尔斯的下台，他也被解除了职务。霍桑一家又陷入了贫困的境地，更糟糕的是，霍桑对生活失去了信心，感到十分沮丧。苏菲亚没有任何抱怨，而是微笑着告诉他：“你终于有时间去创作一部伟大的小说了。”她拿出自己的积蓄来维持家用，替霍桑在书房里生火，把书桌收拾干净，让霍桑坐下来安静地写作。1850 年，一部轰动全美的小说《红字》在苏菲亚的鼎力支持下终于出版。人们由此知道了霍桑，却很少有人知道那个叫苏菲亚的女子。

　　1866 年前后，俄国作家陀思妥耶夫斯基处于一生中最艰难的时期。两年前，他的妻子患肺病而死，不久，哥哥也逝世了，他主办的两个杂志先后停刊，他因此背负了沉重的债务。一个出版商乘人之危，表示可以用 3000 卢布购买他所有著作的版权，同时，附带提出了一个苛刻的条件：陀思妥耶夫斯基必须在半年之内，交出一部相当于当时 3 个印张的小说，否则，他全部作品的权利永远归出版商所有。当时，他正在赶写《罪与罚》一书，根本没有时间和精力来创作另一部作品。5 个月过去了，他连题目也没有想好。无奈之中，陀思妥耶夫斯基决定聘用一名速记员，通过口述笔录的方式来完成这部作品，于是，一个名叫安娜的女人闯进了他的生活。合作是愉快的。26 天之后，长篇小说《赌徒》，如期向出版商交稿。而且，他们之间也因此产生了爱情，于 1867 年 2 月 15 日举行了婚礼。一生辛酸的陀思妥耶夫斯基，有了安娜之后，就如同从风浪中驶进了丽日的港湾，几乎一刻都离不开这位小他一半的妻子。每当要去文学晚会讲演，他总要与安娜同行，走上讲台以后，一定要用眼睛找到台下的安娜才肯讲话。安娜为了使他快点看到自己，常常要用一块白手帕在脸上撩过，或干脆站起。与安娜结婚后直到逝世的 14 年，陀思妥耶夫斯基先后写了《白痴》《魔鬼》等著名作品。1881 年，由于安娜的努力，陀思妥耶夫斯基终于偿清了所有的债务。作家像从浓雾中走出来一样轻松。列夫·托尔斯泰曾这样称赞安娜："如果许多俄罗斯作家的妻子能像陀思妥耶夫斯基夫人那样的话，他们会更好些的。"

　　法国科幻小说大师凡尔纳，写第一部科幻小说《气球上的星期五》，几乎投入了所有的业余时间。他也对这部作品寄予很大期望，他说："如果成功的话，我就好比偶尔发明了一个金矿。在这种情形下，我将继续努力写作，不停地写作……"然而，与他的愿望相反，这部小说命运多舛，先后投了 14 家出版社和杂志社，都被一一退回。凡尔纳一气之下，将手稿投进了壁炉。幸亏他妻子眼疾手快，将手稿从火中抢了出来，恳请凡尔

纳再投一次。结果凡尔纳一举成名，成为科幻小说的开山鼻祖。

现代派文学创始人卡夫卡生前所写的大量作品，只有十分之一得以发表，而且也没有产生任何轰动效应。他的主要作品《审判》《城堡》《美国》均未写完。临死前，卡夫卡给好友布罗德留下遗嘱：将他的所有作品付之一炬。幸亏布罗德违背了他的遗愿，出版了9卷本《卡夫卡全集》，使后来人发现了一个文学富矿，得以窥见这位现代派大师的全貌。

约翰·肯尼迪·图尔，是1981年度普利策小说奖获得者，他的获奖令人惊奇不已。1969年，由于所写的唯一的长篇小说《傻子们的同盟》频频受到出版商的退稿，他因此灰心绝望，最终举枪饮弹自尽，终年32岁。他那79岁的母亲在他死后，不断跟出版商联系，希望他们欣赏《傻子们的同盟》，给予机会出版，然而至少遭到8家出版商的拒绝。但是，这位母亲认为儿子是天才，他的小说是一部伟大的作品，而那些出版商都是愚蠢的，毫不识货。因此，她仍不气馁，把稿子寄给新奥尔良著名小说家沃克·珀西，结果被介绍到路易斯安那大学出版社，于1980年出版。不料，这部滑稽小说一出版就获得巨大的成功。

名作家的身后，正是有着这样一些默默无闻、不辞辛劳支持着的人，他们的作品才得以顺利地诞生和流传下来。

深入心灵的身影

人的一生，心弦总有被触动的时候。在被触动的那一刻，总会派生出一些难以忘怀的记忆。

我的外祖父，据他的回忆，鬼子的钢丝曾穿透过他的肩胛，他是从被奴役走向抗争的。这以后，他在抗日战争和解放战争中立下赫赫战功，成了有名的"拼刺刀英雄"。每次他讲到战场上的情形，总是一脸肃穆。记得有一回，他给我讲了抗战时期与鬼子的一次交锋。在与鬼子短兵相接时，他忍受着浑身的伤痛，一连刺死了6个鬼子。讲到最惨烈的时候，他竟然一下子站了起来，声音颤抖，双手仿佛端着枪，使劲向前刺去，嘴里喊着"杀啊！"我永远也不会忘记那一刻他愤怒的眼神，以及那一声所向披靡的呐喊。也就是在那一刻，一尊属于祖父的英雄雕像，耸立在了我的心中。

一部影片展现了这样一位共产党人。他，灰色的布衫和长裤上面，沾满了鲜红的血迹，点点滴滴的鲜血还在不断地滴落到脚下的土地上。他受伤的身躯，从脖颈到双腿，都被粗长的麻绳紧紧地捆绑在栏杆上。他昂着英气勃勃的脸庞，睁着不掺半点忧虑的眼睛，在落叶萧瑟的寒风中，在河边几个扛着长枪的日本鬼子面前，镇静地时而看看汩汩流淌的河水，时而张望着朵朵飘荡的白云。这个将自己的生死置之度外的人，是共产党游击

131

队的一位指导员。为了掩护几个弹尽粮绝的战士突围，他孤身和敌人对抗到了最后的一刻。

我高中时的一位化学老师，个头不高，头发稀疏，身体羸弱。但他严谨的治学态度，是我平生最难忘的。记得有一次我上门请教一道实验题，走进他的住房时，我没有看见一件像样的家什，一床、一桌、一椅之外，最多的是放在壁板上的大量书籍。从这间小屋我体会到了他的清贫。但在我求教的那一刻，他二话没说，很快找来了实验用品，当场为我做了实验，解答了我的疑难。他对己对人的态度，足以让人肃然起敬。

我曾经被一篇沙漠治理的文字感动，从中我看到的，不是一个身影，而是一群孩子的身影。我一直记得有这样一个细节：有一次，这群稚气未脱的孩子参加了一次沙漠治理的义务劳动。在酷暑中，烈日下，他们只剩下最后一瓶矿泉水了，可是谁也舍不得喝一口，就在传来递去的过程中，水洒在了沙漠上。看到饥渴的沙漠瞬间"吮"干了这瓶甘露，孩子们难过地哭了。

在我们琐碎凡俗的生活中，总有一些身影可以深入心灵。这些身影或高大伟岸，不同凡响；或平凡渺小，质朴动人。当他们凸显在我们现实的生活中时，总能够带给我们由衷的感动。这份感动，在我们对人生的感觉出现疲惫或懈怠时，总可以恰到好处地叫醒我们沉睡的灵魂。

幸福是一种感受

人生长河里，有的事业有成，飞黄腾达；更多的是平平淡淡，碌碌无为。但生而为人，重要的是要看清自己，不必强求。如果没有干一番事业的资本，没有走向人生辉煌的能力和头脑，就当学会顺其自然，知足常乐，不必一味束缚自己内心真实的感受，不必为一些根本无法实现的事情，把自己弄得容颜未老，心已沧桑，到头来，与烦恼相伴，与抑郁为伍。生而为人，不一定非得让生活波澜跌宕，要知道，平淡平静才是生活的真，踏踏实实，从从容容，才能品咂出生活的真滋味。

幸福是一种动态，一种追求，需要不断打磨，不断完善。它是一种心灵体验，因人而异，因时而殊。小时候，幸福是一支棒棒糖，舔一下，甜甜的；上学后，幸福是满分的试卷，给人憧憬和向往；再后来，幸福是一份满意的工作，是付出辛劳后的回报。更多的时光里，幸福是当你坠入低谷的时候，有人向你伸出温暖的手；是你实现心愿时，有人为你开怀，为你欢笑……

来去如飞的流光中，曾经的青春岁月已经模糊，曾经的理想追求已然淡化，曾经的争强好胜已磨去了棱角，曾经的豪言壮语如空谷回音渐去渐远。时光淘尽了一切沙砾尘埃，剩下的只有平淡真实。

有人说，家里有疼我爱我的亲人，医院里没躺着我的家人，这就是幸福。说到底，幸福和贫富无关，和社会地位无关。平民有平民的快乐，因为愿望容易得到满足；富人有富人的烦忧，因为欲望是填不平的沟壑。生活于穷乡僻壤间，在品尝生活艰辛时，也能够享有清新幽静的幸福；跻身繁华都市，在现代文明的漩流里，常常夹杂着无法排解的抑郁。

记得有一次，同妻子上街闲逛，顺脚走进菜市场，在一烤鸭摊前，挤了好多人，个个笑逐颜开。妻子一看这情形，便立定在那儿了。等到她要买时，老板先削了块鸭肉递到了她的手中："尝一尝！好不好吃？"妻子尝了尝，说："嗯，真好吃！"听到肯定的回答，烤鸭摊老板的脸上，立刻漾开了满足的笑，这流淌的笑意，分明满溢着生而为人的幸福。

幸福如此简单，又如此平常，它是一家人团团圆圆一起吃饭说笑，是寒冷时递过来的那杯热茶，是雨天在身后撑开的那柄雨伞，是教人刻骨铭心的一声抚慰……幸福需要寻找，它在你的手中，在你的眼睛里，在你的心灵深处。循环往复的生活，在有心人的天平上，每天都可以拥有生而为人的幸福。

幸福的感受，可以简单平凡，可以华丽温馨，可以感动浪漫，不管以何种形式出现，都足以成为生命中无法替代的财富。

油条里的幸福

　　我爱吃油条，虽然不是天天早上吃油条，但隔三岔五不吃油条，便有些挂念。两根金黄的油条，一碗乳白的豆浆，坐在人气旺盛的小摊前慢慢品尝，崭新的一天从有声有色、有滋有味开始，的确是一件很惬意的事情。当然，大多时候，因为时间紧，我会买上几根油条，拦腰将油条拢在一个干净的塑料袋中，拿在手上，边走边吃。不管自己吃相如何，我只在乎我品尝的，是真真切切、实实在在的生活滋味。

　　对油条的情有独钟，从我第一次吃上油条那一天开始，这要追溯到我15 岁那一年。我自以为那个时候我已经不小了，高中毕业考取了大学。一天，我随父亲搭车到县城医院体检，我记得很清楚，体检量身高时，我站上去稍稍踮了一下脚跟，身高才 1.49 米。医师见我在那么多体检的学生中，身材最为矮小，就对父亲说，孩子营养不良啊！当时父亲听了医师说的话，私下就难过得流了泪。那天体检完毕，父亲破天荒带我到一家小吃店，要了一碗肉丝面，几个馒头。他将肉丝面推到我面前，自己啃起了干巴巴的馒头。

　　那时，我眼睛一眨不眨望着小吃店前架在火炉上的大油锅，锅里滚烫的油水中漂着一根根金黄色的油条，那一刻，那满是油腻的梦一般的金黄

　　成了我心中的一份渴望。我舔了舔嘴唇，却始终没有出声。因为那时我已明白家里的生活困窘到了什么程度。可我是那样心有不甘，眼睛就那么一动不动盯着金黄的充满诱惑的油条。也许是父亲读出了我的渴望，他起身走到了油锅前，在身上摸摸索索找出了一些零钱，买了两根油条，递到了我的手中。我吃完了汤面，留下了油条，不是我不想吃或吃不下，只是想留在手中慢慢品尝，那时，在我心目中，油条是那么难得的美味糕点。我随父亲走在路上，像现在一样将油条拿在手上，边走边吃，那一天，我们跋涉四十多里路，一直到天黑，才从县城走回家中。

　　尽管那天很累，但我沉浸在父爱的阳光之中，那两根油条，那一抹永远的金黄，悄无声息地停泊在我心灵的深处，成为我一生慢慢回味的幸福。

幸福的样子

幸福是一个玻璃球，跌碎后将幸福散落到世间的每一个角落，有的人拾到的多些，有的人拾到的少些。现实生活中，每个人都拥有幸福的权利，但不是每个人都能获取同样多的幸福。幸福需要一定的运气，更需要用心去感受。

世间万物，人间万情，稍纵即逝，当你担当起各种角色，走在人生路上的时候，所有过往的点点滴滴，都值得珍藏，值得守候。直到有一天，当你走进岁月深处，有事无事和相伴一生的人厮守在暖暖阳光下，慢慢闲聊的时候，你依然可以在人生的边缘，品咂出生而为人的美丽和幸福。

记得那是入冬后的一天，因为牙痛，我来到了一家牙科诊所。看牙的人很多，我只得耐心等候。冬日的太阳照在街道上，给街道平添了几许明朗，几许生机，隔着透明的玻璃墙，我静静看着路上过往的行人，心中油然升起种种生而为人的快乐。

街道的人流里，有两个年迈的身影走进了我的视线，他们慢慢地走着，含笑地聊着。入冬的天气颇有些寒意，男人身边的女人，脖子上围着银白色的长围巾，手上戴着厚棉纱手套。两人挨得那么近，无法听到他们说些什么，但透过他们愉快的神情，我分明感觉得到，他们身体中流淌着一脉

幸福的暖流。

那女人，我是认识的，她是当地中学的一名语文老师。当年，我听过她的课，她虽身体很单薄，但在我的印象中，她的课讲得非常出色，声音也极动听。多年后的一次同学聚会上，大家共同回忆起读书的日子，比如谁有什么特长、爱好，谁在班上最有影响力，谁最淘气等。说着说着就想起了任课老师，谈话间得知，这位女老师因顽疾缠身，动过几次手术。因为身体状况不太好，丈夫一直陪伴在她身边悉心呵护，加上她的乐观开朗，一次又一次，她都从病魔手中走出来了。

如今，他们已离开工作岗位，每天相依相伴，相携相搀，漫步在四季变幻的风景里，他们走在一起的样子——从容的步态，温馨的神情，分明是一幅美丽的图画，一道亮丽的生活风景，让你在不经意间看上一眼，就能从中感受什么叫人生的幸福。

站在玻璃墙后，看着眼前的情景，看着这对老人幸福的样子，自然而然就想起了赵咏华的《最浪漫的事》："我能想到最浪漫的事，就是和你一起慢慢变老，一路上收藏点点滴滴的欢笑，留到以后坐着摇椅慢慢聊；我能想到最浪漫的事，就是和你一起慢慢变老，直到我们老得哪儿也去不了，你还依然把我当成手心里的宝。"

有人说，幸福没有色，没有香，没有形状，看不见，摸不着。但站在玻璃墙后的那个时刻，我真切实在地看到了幸福的存在，看到幸福的样子就算到了冬天，也会如忍冬花一样，无言绽放。

一幅画的温暖

市场上有一种画，叫"碳晶墙暖"，可用于取暖，其外观是极具观赏性的、唯美的山水风光、人物场景的油画画面。这种取暖设备，可以挂在墙上，完全不占室内空间，让家里全天保持温暖，而且防水、防漏电、无噪音、无扬尘等，可以说是一种人性化的取暖设备。

据说这种设备的出现，最初的设计构思源于一幅画。发明人在购买一幅水彩画时，被画面的温馨深深打动：画面上，一对年近花甲的老夫妻围坐在温暖的壁炉前，老先生悠然地喝着咖啡，老太太织着毛衣，画面中那种温暖淡定的家庭气氛，让人似乎伸手就可以触摸。这种简单、温馨的生活，不正是芸芸众生最想得到的吗？因为这幅画，他获得了创造的灵感。

温暖是生活的特质，没有人是不期望得到温暖的。我有一位幼师朋友，一天，她收到一个孩子送给她的一幅画。她在带着满心的疑惑打开画幅的一刹那，拥有了从未有过的激奋和感动、温暖和幸福。画面上，一只长颈鹿在开心地吃着树叶，鸟儿在自由地飞翔，鸭子在悠闲地玩耍，四周是美好的景色。在别人看来，这样一幅画也许并没有什么，但对于她，却是意义非凡。因为一节拼音课上，在聊到动物时，她问孩子们：你们觉得老师最像什么动物？很多孩子举起了手，其中一个孩子说：老师最像长颈鹿。

为什么呀？因为老师脖子长长的，今天又正好穿了件花裙子。

读过一幅画，是法国画家威廉·阿道夫·布格罗的画作《温暖》。画家以唯美的态度，从现实生活的细节中、人与自然的关系中，迅速捕捉到真切实在、美不胜收的画面。这份美丽，在这幅画中尤其表现得圆满丰润、淋漓酣畅。画面上，穿浅色衣服的女孩站在白色背景前，柔和淡雅的色调衬托出小女孩天使般的神态，传递出让人灵魂出窍的暖暖温情，一不经心，就会勾动你对童年时光的美好回忆。

大千世界，每件事物的出现都有它特别的意义，有些给人带来身体上的支撑，有些给人带来精神上的愉悦。一幅有形的画，可以带给人如沐春风、如浴春阳的温暖和幸福。我想，源于心灵的温暖和幸福，同有生命的作品一样，永远不会随时空的转换而改变。

心灵的拥抱

应邀作为颁奖嘉宾参加某奖项颁奖仪式。轮到我上台颁奖的，是一残疾人，因自小失去了双臂，他靠自己的坚韧学会了用双脚书写人生，并赢得了不可小觑的成绩和他人的认可。

好在，仪式上，他身边安排了一个代他领奖的人。走上颁奖台，递过证书后，我礼节性地同代领人握了握手。站在一旁的真正的受奖人心里想些什么，我不知道。就在那一刻，不知受什么驱使，我移身伸开双臂抱住了真正的受奖人，祝贺的同时，在他的背部轻轻拍了几拍。那一刻，他发自内心的谢谢，直入我的耳郭。

人和人之间，最美的拥抱源于心灵。现在想来，那一刻属于我的拥抱，完完全全是源于心灵的、条件反射的姿态，没有半点勉强的成因。应该说，那是一份超越身体的认同和敬重，是一颗心对另一颗心的相拥相惜。当温暖和爱融入彼此的人生和心灵时，生命是如此晴朗，心性是如此迷人。

曾经，有人发起"抱抱团"活动，打着"抱一抱，来自陌生人的温暖"的标语牌，邀请路人与之相拥相抱，以此化解人情的冷漠，增加人间的温暖。确切地说，这样的拥抱只能是一种表象，绝不能化解尘世间的清冷，更无法去除生活中的困苦和孤寂。

　　真正美好的拥抱，只能源于心灵。心灵的拥抱，才是尘世间最美好最纯真的一份情感。当人与人之间情感产生共鸣，心灵碰撞出火花时，拥抱是内心感情的自然延伸，自有"锦上添花"之效。"肢体抱抱团"若能演变成"心灵抱抱团"，将热情和善意落实到有实效的爱心救助事业中，我们所处的世界将会是多么美丽、多么温馨。

　　人生旅途上，我们拥有或多或少的来自家人的拥抱，这种亲情拥抱，是让我们学会爱、学会珍惜的因由。而源于陌生人的、情深义重的心灵拥抱，为凡俗人生注入的，是永不枯竭的活力，是取之不尽的潜能。

不可轻待的小幸福

史铁生《病隙碎笔》里有这样一段话："发烧了才知道不发烧是多么清爽；咳嗽了，才体会到不咳嗽的嗓子是多么安详。现在动不了了，才感觉只要健健康康，活蹦乱跳地活着，是多么的幸福。"

在这个世界上，大起大落的人生是有的，但不常见。对于大多数人而言，生命里更多的是平淡和安详。小幸福是贯穿人们一生的元素，关键是你是否意识到它的存在，是否因为幸福太小而常常忽视它。

不管我们生活在尘世的哪个角落，不管我们做着什么事情，经历着如何不同的故事，如果在某一刻，你领略的，看到的，让你有发自内心的感动，那一刻，你品尝到的就是小小的幸福。小幸福拥有静静的幽香和浅浅的欢喜，它总是那么悠长平阔，笃实淡然。是一粥一饭的安详，是无言以对的守候，是边忙碌边播放的音乐，是一杯新茶溢出的芳香……小幸福，永远不着痕迹地藏在生活的每一个角落。

清晨，走进鸟语花香，相伴青草晨露，呼吸着清新的空气，舒展开沉睡的经络，这何尝不是一种幸福？

午后，揉揉因敲键盘有些疲惫的手指，在妻子的轻唤声中端起饭碗，就着饭香、菜香，品尝生活的芬芳，这何尝不是一种幸福？

　　静夜，在温馨的灯光下，读读新到的样报样刊，乏了，喝一口普洱茶，醒醒脑，暖暖胃，然后打开电视机，看一两集或悲或喜的电视剧，这何尝不是一种幸福？

　　什么是小幸福？小幸福是早上起得来，晚上睡得着，不焦虑，不抱怨，淡定平和。小幸福是一种持久的愉悦心情，是承担生活重任时依然拥有的欢畅。小幸福缘于心境，就像一个喜欢静静驻足的人，看阳光穿过密密的树叶洒下斑驳的碎影，看蒲公英随风轻飘，含笑远扬；看蜂蝶翩跹于花影间，看夕阳下相依相偎、相亲相爱的出双入对的身影。

　　是人，都拥有小幸福，但拥有时，未必会重视，只有在失去之后才倍觉可惜。事实上，小幸福无处不在，它像涓涓流淌的溪流。人生的幸福，由小幸福堆积而成，只要你有心，它就缠绕在你的身前身后。

　　一个人，如果懂得积累，善于积累，每天记录自己的感觉，厚待自己的小幸福，他的心地一定会变得阳光，变得开朗。直到有一天，偶尔回过头来，就会发现，平淡的生活，其实满满的都是幸福。

幸福在心上

傍晚，像往常一样，我听着自路边音乐石中放送出来的音乐，在公园人行道上大步疾走。我看见一个女孩，后面跟着一只小宠物狗。宠物狗靠近音乐石的时候，似乎被里面传出的声音惊着了，倒退了几步，站在了原地。女孩在前面柔柔地唤它，它还是站在那儿。女孩说："不怕，乐乐，里面没人呢。"宠物狗似乎明白了什么，撒开丫子飞奔到了女孩身边。正是这一幕，让我体会到了人与动物和谐相处的幸福。

再往前走，我看见一位年轻的母亲和她的俩孩子，两个孩子一边蹦蹦跳跳地行走，一边唱着欢快的儿歌，微笑的母亲偶尔点头和唱几声。夕阳映照着他们活力四射的脸庞，爱的气息氤氲在他们周围，情的韵律在他们之间自然而然地流淌。顽皮的孩子追逐着，嬉笑着，跑到母亲面前，举起小手和她对拍几下，天真和烂漫洋溢在他们脸上，那种鲜活而澄澈的幸福，无以言表。

再往下走，我看见了一对老人，一个坐着轮椅，一个推着轮椅。我分明听见他和她在慢条斯理地聊着家常，聊着人生。他一脸幽默的神情，生动传神。而坐在轮椅上的她，嘴角始终挂着浅浅的笑，平静的神情里，承载着历经岁月沧桑后积淀的安宁和淡定。这何尝不是《最浪漫的事》那首

歌中描绘的人生情景？

　　一路走下去，暮色渐浓，华灯初上，夜色笼罩下的尘世生活，诗意迷离。这样的时候，心境更为丰盈，幸福益发凸显。是谁说过，幸福快乐只是一种感觉，与贫富无关，同内心相连。此时此刻，路上的行人，何尝不是处在闲散的幸福之中。这份闲散的幸福，不被物质支撑，不为金钱左右，它是隐匿于心的一丝温暖，是卑微生命的一点骄傲，是红尘路上的一抹明媚。

　　我一直相信，尘世之间，就算人生旅途上充满风风雨雨，幸福依然是存在的。就像一个人来到世上，就一定有另外一个人在某个地方悉心等待一样。我们的日常生活中，过往岁月里固然有困顿与磨难，但所有这些终归是可以被忽略的，因为幸福总会在不经意间无声到达，像极了春夜的雨水，无处不在。

　　幸福的存在，不是因为外在有多少奢华，而在于我们内心的感受。寻常的幸福，总是因情而动，自心而生的。能洞悉他人幸福的人，一定会在感知幸福的同时，拥有教人艳羡的美满人生。

生活静好

去医院看病，见墙上书一大大的"静"字，我想，这该是对来来去去的病人外在的点拨和内在的提醒罢？心静了，才会有气定神闲；心静了，才会有阴阳平衡；心静了，才有机缘抵御百病。

夜深人静，合上疲惫的眼睛，在忘却自己的同时，也忘却了世间的忧烦。这般可以悄然入梦的时光，宁静的生命如静静摊开的书页，清澈、纯粹、绵厚、悠长……想起了清人金胜兰《格言联璧》之句：静坐然后知平日之气浮；守默然后知平日之言躁；省事然后知平日之心忙；闭户然后知平日之交滥；寡欲然后知平日之病多；近情然后知平日之念刻。是啊，静下心来，思想的云絮才能回归自然情境，或仰望蓝天白云，或俯瞰大地山川，或沉醉一泓碧水，或享受花草芬芳……陶醉在自然的博大与宽宏之中，生活中的负累就会变得淡然飘渺。如果一味执着于大是小非，又怎能没有患得患失、困扰难耐的时分？

人的一生，许多时候，沉默和宁静，是将人引向幸福的成因。"世事沧桑心事定，脑中海岳梦中飞。"只有先收拾好心情，才能收拾好事情。如果只是身定，而心神不定，依然会陷入痛苦，陷入永无止境的烦恼中。属于我们的生活，有正能量，也有负能量，一如网络的大众化、世俗化、

娱乐化滋生出现实之外的纷乱和嘈杂。但是，真正的缘于内心的宁静，是绝不会为这些外在的东西所左右的。所以，守住一颗宁静的心，就可以不断地挑战自我，即使远方是永远的远方，途中依然会有奇迹发生。

听鸟说甚，问花笑谁。快乐还是烦忧，取决于一个人是否拥有安静地看世界的心境。当事情黑白不分时，最明智的作为就是沉默，否则只会越描越黑；当困扰袭来时，不妨抬头仰望明媚湛蓝的天空，让轻柔的白云飘入心扉；当被层层的失意包裹，不妨打开心窗，让新鲜的空气在心田涌动；当莫可名状的惆怅袭来，不妨看夕阳沉落，听鸟唱虫鸣，细数茫茫苍穹闪烁的星星，烦恼和嘈杂终将渐渐隐去。要知道，真正的智者，面对是非功过，永远淡定而从容。

泰戈尔说：天空没有痕迹，而鸟儿已经飞过。这样一种诗意的平静，总在心底泛开智慧的涟漪，让凡俗的心也能感受到生命的至美。

生活静好，生命静美，它拨开凝重，卸下负累，以从容、内敛、淡定的格调，梳理心情，调理节奏，照拂命运，让属于我们的生活空间开启情致，蓄积弹性，散发出无与伦比的张力和活力。

敞开爱的心扉

人，总有开心快乐，总有忧郁哀愁。重要的是，一个常态的人，该承受的要承受，该面对的要面对，该放下的要放下。

现实的一切，远没有想象的那么美妙，权力与美色的纷争，永远在世间萦绕。生存的空间，远没有设想的那么宽广，人情世故，生活压力，一不经心，就教人陷入身心疲惫的桎梏。没有人生来是懦弱的，没有人注定是要忍让的，只是有些人一路走来，显得更有涵养，知道善待他人就是善待自己，给别人台阶就是给自己台阶。所谓智者，就是那些胸怀人间大爱的人，他们只会永无止境地关注人类社会的发展前景，绝不会囿于一时一地的陈规陋习。

生活，是不容易满足的，更不会永远停留在一个地方。有生活的地方就会有梦想，譬如爱的梦想，可以带给人真实的幸福，也可以带给人真切的忧伤。它可以让人学会坚守，也可以让人学会放手。爱的痛苦，不是缘于清苦的生活，而是缘于心灵的苍凉。身在爱中的人，为爱所做的一切，总是那样顺理成章。当爱远去，只剩下回忆和祝福的时候，如火如荼的爱情，便成了无法逆转的梦想。有爱情经历的人，一定会更清楚地认识自己。往事的云烟，情感的创痛，可以让人领悟爱的真谛，让人学会如何更好地去

爱一个人。相爱，不一定要近在咫尺，有距离的爱，常常可以增加爱的魔力。爱情如此美好，经历风吹雨打的爱，才显得弥足珍贵。

生而为人，总会有一些机会，总会有一些经历，但人生路上的时机一旦错失，常常难得有回旋的余地。所以，面对每一次爱与被爱的时机，一定要倍加珍惜。在人的一生中，有些东西是注定的，不可强求。想得到的，常常苦求不得，没想得到的，却总是信手拈来。

爱不是狭义的，做人最重要的，就是敞开爱的心扉。爱自己，爱亲人，爱朋友，爱一切值得去爱的东西。对自己想做的事，对自己能做的事，对自己所做的事，要用心去做，用情去做，不要过多在意他人的看法。要知道，爱的方向就是生命的方向、幸福的方向，带着爱，相信爱，痛苦才会远离，生命才会美丽。

第五章

岁月轮回里的沧桑和美丽

人生的痛苦大抵都源于自身，
因为人类有太多的困惑和思考。
没有人给我们不幸，
没有人主宰我们的命运，
怕只怕自己将自己置身于生活的悬崖。

奔跑在年轮里

"哧溜"——夕阳滑落;"哧溜"——朝阳升起。在这一落一起间,错出了一道年轮,一道盘点与计划纠结在一处的年轮,一岁结束,一元复始。能目睹由日轮沉落回升组合而成的年轮,对短暂的人生而言,大抵就那么几十百把回。

新年的阳光攀上阳台,刹那间,盆栽托起的花朵搅动了思绪,一个激灵,《奔跑在年轮里的花》以开放的姿态潜入记忆:一朵花,举着活力,舞动鲜艳,奔跑在年轮里。你听,一路歌唱,一年一年,不知疲倦。谢了开了,风风雨雨,没有惧怕,无视沧桑,梦一样轻轻来去。一抹花香,淡雅而熟悉,悄悄地繁盛,轻轻地深入。丝丝缕缕,在年轮里,追逐,纠葛,枯萎。花,哪来那么多豪情,秋思萧瑟,高山岂能阻隔。剔透的心,只为生命里奔跑的景,酿出温情的蜜。就算什么都没有,还有追求,还有芳菲,笑着,淌在岁月河道里。

那是一朵在年轮里奔跑的花,它的微笑,承载着爱的温度;它的姿影,承载着生命的奇迹。奔跑的年轮奔跑的花,见证着岁月的变迁,失去的,会回来,得到的,又失去。其实,世间万物,时时刻刻都沉浸在得与失的轮回里,进与退的渊薮中。只有经历了得失进退,才会真正明白,哪些重若千钧，哪些可以放弃。

簇新的一天，就算步入人生之秋，又岂敢没有花一样绽放的心思？奔跑的年轮，像飞驰前行的车轮，已经容不得你有一丝一毫的懈怠，你必须为未来的人生筹谋策划。年轮在跑，它会带着人一起跑。年轮可以冷热无常，但生命的热度绝不可以变幻无常。

在奔跑的桎梏里，或许，你也会悲伤难耐，也会郁闷沉寂，这样的时候，你最需要的，就是调整心态面对悲伤和沉郁，让心境复归宁静安详。要知道，所有的悲伤，所有的哀恸，都会毫无悬念地，消匿在时光的翅翼下，人生的过往里。

"百年那得更百年，今日还须爱今日。"过去不管好坏，未来无论喜忧，时光总在一刻不停地流泻着。第一缕霞光飞落，新的一天降临，铺在我们脚下的，唯有全新的路程。这样的时候，需要我们直面的，是困难，是阻隔；需要我们以心灵的阳光照亮的，是前行的道路；需要我们以美丽的心境触摸的，是簇新的花期。

年轮里的风景

　　年轮，凝聚着树木的成长信息，那一圈圈美丽的过往，是时光进程真实的记录。隐含在它背后的密码，一旦破解，能告诉你的，是岁月演变的奇迹。

　　科学考证的结论是，年轮的疏密宽窄，记录了气候的变化。气候温和，年轮则宽疏均匀；持续高温多雨，则更为疏稀；寒冷少雨，则狭窄；寒冷而干燥，则更为窄密。分析年轮，可获取几百年乃至几千年的气候变化规律，从而预测未来的气候状况。在一定程度上，年轮呈现了太阳黑子活动的规律。当太阳出现黑子群时，对气候的影响很大，致使气候变化无常，甚至让无线电波中断，并常常有暴雨和飓风出现。太阳黑子活动若是急剧增强，辐射出的光和热增多，树木生长特别快，年轮更显宽泛。年轮还可以报告大气污染的状况。当大气受到污染时，年轮里就贮藏了污染物质。在开采重金属矿或冶炼时，大气中飞扬的金属尘埃会被树叶吸收，进入土壤里被根吸收。这些金属尘埃被树木吸收后被输送到年轮里积累起来。经光谱分析，可以测知大气污染程度。若是有毒气体污染大气，被松树、杨树、夹竹桃吸收，年轮上也会留下被它腐蚀的痕迹，这些痕迹，足以测知空气的污染程度。

由此观之，年轮里的风景，记录着世事变迁和岁月沧桑。在这样一抹特别的风景线上，无论是植物还是人，都有太多太多可供咀嚼的记忆，冷也好，热也好，悲也好，喜也罢，总有一些华丽的、唯美得不可触碰的记忆，定格在生命的一隅。

在年轮的涟漪里，除了幸福，我们能仰望什么？那个曾经苦苦等待你的人，已飘然远去。记忆中的旋转木马，成就了孤独而忧伤的记忆。一颗心，漂泊得再久，终究会找到停靠的站点，终究会在某个特定的时分，找到安顿生命和爱的方位。风乍起，吹拂着思念，吹拂着记忆，剩下的，除了陌生，就是疲惫。时光的足音敲击着年轮里的风景，年轮里的风景模糊了谁心底的秘密？

生而为人，谁也无法拒绝爱着和被爱着的时光，而这些美好的时光，总是那么短暂，短暂得你一闪身，还没来得及抓住点什么，就落入了霜染的俗套。穿梭的年轮，让人生错过了许多风景，错过了许多可圈可点的人生故事，留下一地荒芜。绽放的生命，总是在一个华丽转身后，如最美的烟花，尘埃落定。绝美的记忆，先是在狂躁的心绪中蓬勃地生长，而后在霜染的桎梏中被悄无声息地淡忘。

"月上柳梢一袭寒，人约黄昏两鬓霜。流年如风擦肩过，落叶满地洗沧桑。"尘埃里，漂浮着许许多多迎风的叹息，只因人生有太多的不舍啊！只因人生有太多难了的心迹。年轮啊年轮，在光阴的走向里，你可以记录岁月轮回里的风景，又何尝不能记录淹没在滚滚红尘中的沧桑和美丽？

春风中的马蹄声

　　爱马之心，由来已久。我的初恋属马，也许，这是我爱马的一个很实在的因由。但最初我对马的钟爱，是缘于我爱上了中国画，特别是看到徐悲鸿先生笔下铁骨铮铮的骏马之后，我对马的喜爱便可以说是刻骨铭心、无以复加了。

　　有一个时期，我画马画到了痴迷的程度，买了许多徐悲鸿先生的著述和画册，对他画马的经历和他笔下的马悉心研摩。为练习画马，常常是不休不眠。时间一长，我画出的奔马，似乎传承了徐悲鸿先生笔下马的神韵，多多少少也有了先生的笔意。

　　从书中得知，先生之所以将马画得如此形神兼备，傲骨铮铮，是因为他对马的肌肉、骨骼以及神情动态，作过长期的观察研究。他经常在山乡和有马的地方对真马写生，甚至策马驰骋。他画马的速写稿不下千幅。正是这个原因，他只要下笔，就一定能做到"全马在胸"，笔墨酣畅。他画马，总是充分运用中国画独有的线条，水墨浓淡相宜，寥寥数笔，一匹势不可挡的奔马便跃然纸上。有一次，爱马成癖的骑兵元帅布琼尼，看见他当众在转瞬之间就画出了一匹骨盘强健、气势如虹、形神俱足的奔马，不由分说就走到了徐悲鸿面前，说："徐先生，将这匹马赠给我吧，否则我会发疯的！"

徐悲鸿先生笔下千骑有着春天般的活力，在我看来，他的马总是从冬尽春来的岁月深处奔跑而来。每每站在先生的奔马图前，我就似乎听到了哒哒的马蹄声，裹着春风萦绕在耳际。这样的时候，总有一种发自内心的喜悦之情油然而生：春天真的醒了，那些奔腾的马匹，穿越消退的寒冷；哒哒的马蹄声，触动大地的筋脉。

爱屋及乌。因为爱马，我爱上了有关马的诗词。面对一幅奔马图，我总会想起郑愁予那首脍炙人口的小诗《错误》："我打江南走过，那等在季节里的容颜如莲花的开落。东风不来，三月的柳絮不飞，你底心如小小寂寞的城，恰若青石的街道向晚。音不响，三月的春帷不揭，你底心是小小的窗扉紧掩。我达达的马蹄是美丽的错误，我不是归人，是个过客……"这种叫人难以释怀的错误，这种让人心驰神往的马蹄声，荡漾了多少个春天，又荡漾了多少年轻的心扉啊！无疑，就是这样一首小诗，世人心中又烙印上了一匹马的形象，那打动人心的哒哒的马蹄声，悠长深远，在耳畔经久不绝。

很多时候，马是一种寓意，它寄托着一个人的悲哀、忧郁、希望和欢乐。"昔日龌龊不足夸，今朝放荡思无涯。春风得意马蹄疾，一日看尽长安花。"46岁那年，孟郊进士及第，按捺不住内心的喜悦之情，写了这首别具一格的小诗。诗人两次落第，这次竟然高中，仿佛一下子从苦海中超度出来，登上了欢乐的巅峰。诗一开头直接倾泻心中的狂喜，说以往那种生活上的困顿和思想上的不安再也不值得一提了，今朝金榜题名，终于扬眉吐气，自由自在，有说不尽的畅快。

心花怒放的诗人，迎着春风策马奔驰于鲜花烂漫的长安道上。人逢喜事精神爽，此时的诗人神采飞扬，不但感到春风骀荡，天宇高远，大道平阔，就连自己的骏马也四蹄生风了。偌大一座长安城，春花无数，却被他一日看尽，感觉自是酣畅淋漓。字里行间，情与景会，意到笔成，活灵活现地

描绘了高中后志得意满的畅达之情。

更有"草枯鹰眼疾，雪尽马蹄轻"这样清新美丽的诗句，给人一种冬去春来的轻松感，愉悦感。野草枯萎，鹰眼才可疾速；积雪融化，马蹄才可轻快。在我们现实的生活中，该有多少影响"鹰眼疾"的"野草"，又有多少羁绊"马蹄轻"的"积雪"啊！人生旅途上，若能摒弃身外的"野草"和"积雪"，让一切回归事物的本原，我们可以拥有的，将会是简单的生活，明朗的心境，丰实的想象，轻松的旅程。

在春天的声音里

我一天最愉悦的时光，是走在阳光丽日或春雨绵绵的路上，我可以看见沉船和落花，可以听见清风的私语，白云的歌唱，可以触目小草悄悄地从土壤里挤出来，浅浅的，嫩嫩的，绿绿的，不断丰富春的韵律，春的篇章。

我喜欢春风吹拂下自由呼吸的氛围，我爱听小草的每一个细胞膨胀分裂的声响，我遐想着根冠在土壤里与泥沙碰撞摩擦的动静，我感受着清风抚过草尖散发的细小声浪。

春风在奔跑，它着意要唤醒冬天的沉静；春雨在欢歌，淅淅沥沥，缠绵多情。轻快的和声，应时的舞蹈，交织出自然赐予的天籁乐章。春水在奔流，那一弯月牙，闪烁着春天的色泽，欢快地流向远方；两岸的杨柳绿了，桃花红了，风景靓了，人心暖了，生活醉了……

最惬意的还是花开，你可否听见？是那种柔柔的、暖暖的、细碎的、清澈的声音，它开着开着，就笑了，笑得那么自在，笑得那么坦然，笑得那么明媚而鲜艳。

春光里的树木园林，换上了新的装束，妙不可言的色彩，以轻歌曼舞的姿态，一点一点，就沉入了你的内心深处。衣着简朴的园丁，或起沟，或松土，或修剪，或栽植……我看见他们的脸庞，有春风拂面的欣慰，我

听见劳动工具发出的声音，阳光般，质朴而动人。

这个飘落与生长注定要并存的季节，走在路上，或有树叶飘零，或有雨水飘洒。飘零和飘洒之间，总有一种意蕴弥漫于胸。我能感受的，是春天推陈出新的魅力；我能了然于胸的，是"好雨知时节，当春乃发生"的人间情景。

飘飘扬扬的雨点，打在潭水里，滴在青草间，溅在河面上，沾在花丛中，将流淌的春意渲染得酣畅淋漓。这是人间芳菲四月天啊，一切，都是那么活泛，一切，都是那么迷人。这样的时候，沐着细细的清爽的春雨，在纵横交织、美轮美奂的春天的声音里发一回呆，可以抛开的，是世事的繁芜，纷乱的思绪；可以融入的，是明媚欲滴、触手可及的大好春光。

智者的秋天

在十六潭行走,一路的郁郁葱葱,给人的感觉还是夏天的模样。蓦然间,一棵树撞入眼帘。这棵树,通身没有几片招摇的叶子,地上倒是铺了一地枯黄。恰在这时候,耳畔传来一阵清脆的鸟鸣。顺着声音望去,一只小鸟高高地歇在树梢头,对着日落的方位自由自在地鸣唱。它的鸣唱,带着生命的弹性和张力,直入心底,让人不由自主就和出几声响亮的口哨来。

鸟有鸟的心事,树有树的氛围。我想,这种状况在季节轮回中是可以感受得到的。一地枯黄,那就是秋天的意象。秋风中摇曳着秋叶,三三两两随风飘落下来,不再灿烂、不再具有生命的弹性和活力。它们是如此疲惫,如此脆弱,如此忧伤。它们悄无声息地碎裂在路人的脚下,碎裂在季节的过往里。

是的,入秋了。智者眼里,秋天是智慧的,它的耐人寻味,它的不同凡响,它的旷达透彻,它的洒脱淡然,以怎样的笔墨和言语才能描绘?秋天的场景,无须渲染,便可以顺理成章地,让所有华丽的辞藻变得迟钝苍白。

秋高气爽,淡淡的秋云,飘荡于瓦蓝瓦蓝的天空,那一份闲闲的韵,那一份软软的质,那一份悠悠的境,如远离尘世的梦幻,对凡俗的悲欢扰攘,不再牵念,不再沉醉。置身旷野,放眼望去,一片一片被秋色浸渍的土地,

稻浪起伏，浪花般涌入视野，又潮水般往身后退去。阳光耀眼的白，这白，闭着眼睛也扑棱着翅翼，飞翔在村野丰实的想象里。

秋风徐来，掠过岁月枝头，以凉爽的质地，涤荡着过往，清扫着悲欢，洞开收获者内心的隐秘。一片落叶在秋风中旋转，秋雨便应约而来，斜斜的，扑打着窗棂，唤醒了爱的感觉知觉，也唤醒了沉睡在心底的愁绪。在秋风的追逐下，金色的秋天，原本是一袭轻纱般的美梦，在有情人心头飘逸。一叶落知天下秋，日转星移般的自然物像，总是永不懈怠地见证着尘世的兴衰悲喜。秋天给人的感觉是悲戚的：见秋霜而悲白发，见残红而泪红颜，见归鸿而思故旧，见寒蝉而叹余生，见秋风秋雨结愁肠。"袅袅兮秋风，洞庭波兮木叶下"，屈原如是说。"悲哉，秋之为气也！萧瑟兮草木摇落而变衰"，宋玉如是叹。"秋风萧瑟天气凉，草木摇落露为霜"，曹丕如是想。

秋水永远是纯净的、明澈的，如女人温情脉脉的眼波，就算是山石上偶尔撞出的一朵小浪花，也可以在刹那之间，将秋凉卷入心里。拥有这样一份纯净明澈，拥有这样一份沁凉心境，尘世间的一切追逐，只能黯然淡去。

秋林一点一滴地妖娆起来。秋林的色泽，起始于浪漫秀逸，黄的黄得彻底，红的红得透明，绿的绿得苍郁，这分明是一个色彩错杂光影幻动的世界。浸润在秋色里的树叶，如汇聚在交响乐中的音符，个个活蹦乱跳，炽烈、喧闹、雀跃，它们以走向迟暮的鲜艳，在俗世繁华里从容来去。鲜活的生命，在这个季节，唱出了它全部的美丽。正如林语堂所言："人生世上如岁月之有四时，必须要经过这纯熟时期，如女人发育健全遭遇安顺的，亦必有一时徐娘半老的风韵，为二八佳人所绝不可及。"邓肯也说："秋天的景色，更华丽，更恢宏，秋天的快乐，有万倍的雄壮，惊奇，炫丽。"是的，大凡识秋识趣之人，置身秋天，一定可以领略人生的绮美绚丽。

路上，结伴的行人，他们看得清叶子的飘零，却听不到叶子的哭泣。私语之时，他们总是愉快地说："叶落了，秋深了，天气就要凉爽起来了。"

一路走来，他们大抵都是穿越了几十个春秋的，经历了，彻悟了，怎能没有平和、安详、处变不惊的心境？

也有感伤的女孩，静处一处，听着落叶般的低语，想着诗行中的情景，顾盼着那份生命中的美丽："不要远远地，站在那里，望我成美丽的飘落；不要令我失望，不要让我一生的翘盼，没有结果。亲爱的，走近些，不要视我如同陌路，这最后的一刻，多想拥有你，哪怕，碰碰你的衣襟头发。如果你不经意，踩我于脚下，让我裂成美丽的碎片，这也算我的福分，哪怕这一生，只有这么一次，被你亲近过。如果，你无意中，擦一根火柴点燃我，让我燃烧的火焰，跳起欢快的舞蹈，那便是我平生，最惬意快慰的时候。"

黄昏星在远天孤独地闪烁，色彩斑斓的秋天融合在霓虹灯影之中。广场上，迟暮的美人跳着秋天的舞蹈，那无与伦比的诱惑深深嵌入了秋天的背景里。这是秋天的哲学，以鲜活的姿影、动态的美丽述说着人生经历中的苦难和沧桑。

与春天的媚艳相比，秋天是肃穆的；与夏天的繁茂相比，秋天是简约的；与冬天的空灵相比，秋天是宽厚的。"行至水穷处，坐看云起时"，这份刻骨铭心的感悟，何尝不是对秋天深入浅出的描绘。秋天的境界是如此深远，秋天的意蕴是如此深刻，秋天哦秋天，在世事轮回中，就算以树叶飘零的姿态，也要孕育出新一轮的成熟、圆满、丰富、美丽。

秋天属于智者，智者的秋天，不为秋光左右，不为秋色困厄，它是画中的枫红，一不经心，就点燃了思念的火炬；它是彼岸的鸥鹭，远远的，闲闲的，永远停泊在智者心底。

山野的魅力

河流环绕，一道山梁坐落其中。在这座城市里，它是坐落在人们心头的一道景观。它的存在，让那些为生活忙碌奔波的人们，于闲暇之时，有了绝妙的去处。

春去秋来，山色变幻，山的魅力不会因四季的寒热而更改。潭水倒影，石阶青苔，虫吟鸟唱，蝶舞花飞，在世事变迁中又何曾懈怠？它的姿影叠合在人们眼瞳，它的情态蜿蜒在人们心头，它以它的景观，它以它的鲜活，范例般，洞开了一座城市的风采。

举步山间，脚下绿茵铺地，头顶浓荫如盖，虫吟鸟唱，泉流作声，不绝于耳；风穿过树隙，淹没了城市的喧嚣，如琴瑟和鸣，似钟鼓交响，令人超然物外。登上山巅，极目远眺，高楼林立，推波涌浪，蔚为壮观，新修的柏油路如墨色的飘带，在心空，一次次飘出对未来城市的美丽畅想；自然的天籁之声在城市上空含情有致，恰似遥远的笛音；现代生活沸沸扬扬，风风火火，仪态万方，强烈、奔放、亢奋的城市节奏，演绎着和谐、富庶和辉煌。

在此山看远山，墨中带绿，绿中含墨，绵延起伏，如厚重、曲折、复杂、魅力丛生的人生；瓦蓝的天穹，朵朵白云悠然地飘着，风儿挥动着无形的手，将云儿的装束，变得美丽、娇柔、浪漫，像是催促它们，去赴一场前世之约。

坐落于城中的山峦，又何尝不是见证世事变迁的一部大书啊。它填满情趣，写满哲理；它令人返璞归真，茅塞顿开；它教人恣意想象，不拘章法。一块山石、一撮泥沙、一株杂树、一蓬蒿草——都是它充满生命活力的所在。日晒雨淋也好，风刀霜剑也罢，在流泻的光阴里，它总以昂扬的姿态，不停地汲取，不停地接纳，正因如此，它才可以自己造就自己，出落得美丽、俊俏、动人。就是这么一道算不上峻峭挺拔的山梁，不知给多少人带来过欢乐呢！那许许多多若明若现的山间曲径，那一小片一小片平整的练功场地，那一方方磨得溜光的山石……足以说明她是引人依恋的好去处。这便是一座山的魅力，源于自然的魅力，乡野故园一样的魅力，家一样的魅力。

人在山中，意念如山间曲径，远远近近，在心房轻舞；心境如一路灯火，明明灭灭，伴思绪浮游。云来云去，见证着花开花落；风动风止，述说着世事变迁；山在心中，有鸟儿啼唱，有钟声悠扬，有自山体间流泻的溪水，铮铮淙淙，弹拨着美妙的琴弦，演绎着天籁的旋律，散发着植物的馨香。

一座山的魅力，缘于山体自身，也缘于人们日复一日对它的亲近和向往。斗转星移，花开花落，它的清香是沁人心脾的，它的情态是可以入诗入画的。在城市怀抱里生活的人们，倘若感觉疲了、累了，不妨举足怡情，前往山间走走。

含笑的风景

窗外清风徐来，它含笑拂在我略显沧桑的脸上，这是十月的清风，这是金秋的暖风，这是醉人的中国风呀！它拂动着大地母亲美丽的衣袂，抚摸着文明古国温润的胸襟，带着骄傲，带着自豪，以独特的姿态，以曼妙的姿容，来了，来了！

生命如潮，岁月如歌，站在心灵的河畔，聆听岁月的吟唱，祖国啊祖国，我听见，岁月深处含笑吹来的风，是如此优雅地，在你美丽的衣袂间快乐来去。这样的时候，我的思绪，会情不自禁地在属于你的每一个角落、每一段行程里婉转延伸。经济特区、WTO、回归、申奥、载人卫星、西部大开发、GDP 增长、天路、和谐……一个个簇新的字眼，在我耳边环绕着，亮丽着，奔腾着。它们以鲜活的姿态，一次又一次，动情诉说着一个国家、一个民族，一个社会的沧桑巨变。

仿佛间，我看见一朵一朵会唱歌的脚印，在属于祖国的浩渺星空舞蹈，那些由焰火组成的巨大脚印，那些象征着29届奥运会历史足迹的脚印，一路走来，将中国寻奥之梦所经历的百年跋涉，以灿烂的姿态浓缩在北京的夜空里。一个个温暖的脚印，如一曲曲悠远的歌声，带着人类智慧，穿越历史隧道次第而来。我听见时间的足音，欢喜抑或忧伤，轻快抑或沉重，舒缓抑或激越，明朗抑或朦胧。那些花一般灿然开放的焰火脚印啊，是在屈辱中走过来的，是从风雨中走出来的，是承载着一代又一代中国人的光荣和梦想铿锵而来的。那是心灵的歌声，不朽的诗行，在和谐灵动的生存背景中，挟着风的色泽，蘸着光的亮丽，挥着梦的翅膀，如春风唤醒万物般，唤醒了潜藏在中国人心中百年之久的奥运梦想。自那一刻起，因改革开放让世界瞩目的中国，再一次，在世界之林，以鲜花般的亮丽，热烈绽放；以焰火脚印般的气势，磅礴跟进。

仿佛间，我看见"神舟七号"载人航天飞船，装载着祖国簇新的梦想，升起在酒泉上空，渐行渐远。在人类思想的轨道上，它深情款款地舒张着探寻的瞳孔，划出一道道恢宏优美的弧线。首次出舱的喜悦绽放着，首次出舱的豪情奔涌着，青藏高原，为之脉动；黄土高坡，为之欢腾；深邃的时空，再一次，让失重之美成为智者真切而清新的体验。祖国啊，祖国！这一刻，我仿佛看见烟花苍茫，千帆竞发，百舸争流；这一刻，我仿佛看见群峰腾跃，平原奔驰，长河扬鞭。祖国啊，祖国！这一刻，你是诗意，是遐想，是憧憬，是希望，你以十月的阳光，迸发着无与伦比的生命光芒；你以与生俱来的豪迈激越，放飞擎天的梦想，抒写金色的篇章。

祖国啊祖国，在空间的变幻中，在时间的延伸里，你激情跳动的脉搏，永远是我耳畔最动听的声音，永远是我心中含笑的风景。祖国啊祖国，在这金秋艳阳下一寸一寸地触摸你，我的听觉世界，总会响起一声声赞颂的情韵："你是无边原野醉人的花香，你是月亮树下动人的歌唱，你是美丽家园祥和的目光，你是漫步斜阳平安的广场，我祝福你的麦穗，永远金黄；我歌唱你的门窗，永远吉祥……"

芳菲遍地

植物有嗅觉、听觉，甚至还拥有不同类型的记忆，当它们陷于困境时，会果断地作出防御，甚至可以提醒周围的植物。作为复杂的生物体，它们过着丰富而感性的生活。相对于活泼好动、阅历无限的动物而言，植物也有无奈的一面，它们生生死死，任风来雨去，始终不渝地坚守在属于自己的那方土地上。植物的一生，会遇到各式各样、眼花缭乱的挑战，其中包括生物逆境和非生物胁迫。面对所有意想不到的状况，就算是绝境，植物依然"以不变应万变"的从容，积极应对。

莺飞草长，绿肥红瘦，春华秋实，这是大自然再平常不过的变迁，也是生命时时刻刻谱写的传奇。自然和生命的轮回，让人从很小的时候，就对植物有了鲜明的记忆。田头地角，野渡丘陵，遍布着植物的踪影。我的记忆中，田头有一种最常见的丛生植物，叫"水芹"，茎干嫩白细长，色泽青碧，闻之弥香，重大节日被作为必不可少的佳肴端上餐桌，这最初的植物，相伴我一生的记忆。长大后读王维的诗："独坐幽篁里，弹琴复长啸。深林人不知，明月来相照。"知道"幽篁"指的是幽深的竹林，才发现我很小的时候，竟有那么多时光"独坐幽篁里"。是的，修竹给人的感觉是那么美好，只要一想起这首诗，那色泽雅致、叶片修长、有节长青、韧而难折、中空有度的竹姿美景和深林竹海中绿叶缭绕的万千意象就会纷扬而来。

都说"一花一世界，一叶一菩提"，真实生活里的事物，一如花花叶叶，总会在日渐粗糙中离去。这样的时候，你会发现，生命过往里，许多植物美丽的芳名，纷纷变成温暖的细节，一回回在心灵泛滥。稍微留心一下，就会有个发现，女性的名字大抵都是植物的名字。让我始终弄不清的是，到底是先有植物名，后有女人名，还是先有女人名，然后对某植物冠之以相应的名称。这个问题就像"先有鸡后有蛋"还是"先有蛋后有鸡"一样，竟然常常在我的脑海里萦绕。

植物有植物的心灵，植物有植物的言语，它们活着，爱着，自在着，妖娆着，无须由人冠之以任何名字。植物之名，是人类自身因为认识世界的需要，才依情依性依自然法则加之其身的，可以说，植物的名字充溢着人类的观感和智能。无处不在的植物予人以美丽丰实的翘望：晨光里，虞美人好奇地打量着世界；冻土中，獐耳细辛将花苞倔强地拱出来；草深处，合欢树招展着孤独的旗帜；白云下，铃兰摇动着春天的铃铛……

美不胜收，风情万种的植物名字，款款诗情画意，式式摇曳生姿：紫藤花缘木而上的雅趣，桔梗之爱的生死情怀，花开三色、容动天下的三色堇，凌波而来的水仙，为爱等待的薰衣草，虞美人禁忌的美丽，罂粟花致命的诱惑，以及出淤泥而不染的荷花，带刺却美艳的玫瑰，劣境中生存的仙人掌，一生仰望太阳的向日葵，追风飘絮的蒲公英，蒹葭苍苍的芦苇等，哪一样不是人生的隐喻？

忽然间就想到了作家川端康成，他凌晨四点醒来，惊讶地发现"海棠花未眠"，刹那间，他看到了人生的有限和自然之美的无限。于是他凝目注视着，觉得眼前的花美极了："它盛放，含有一种哀伤的美。"花，也是鲜活的生命，也有难了的情思，它无眠盛放时，耗损的，何止是生命的活力？植物的存在，总在刹那之间，让我们感觉芳菲遍地，让我们自惭形秽。它始终如一地唤醒的，是我们对于自然的热忱、厚望和敬畏。

植物的美丽和哀愁

植物，不仅仅是美丽的存在，不仅仅昭示着不朽的生命意志，也昭示着自然造物的数学精密性。笛卡尔曾仔细研究过玫瑰花瓣的叶形曲线，用极坐标方程对玫瑰花的轮廓线进行描述,由此发现了现代数学中著名的"笛卡尔玫瑰线"。植物昭示于人的数学神秘性，最著名的，有斐波纳契数列：1、1、2、3、5、8、13、21……这个数列从第三项开始，每一项都等于前两项之和。大多数高等植物的叶子都是围绕枝茎螺旋排列的，而叶子的叶序和叶子围绕树枝盘旋的螺旋圈数正是斐波纳契数列。

斐波纳契数列相邻两数的比例，趋近黄金比例。最为奇妙的是，相邻两片叶子之间的夹角与圆周之比正是黄金比例：1.618。在植物中，诸如牡丹、月季、荷花、菊花等花卉，在含苞欲放时，花蕾呈直椭圆形，其长短轴的比例也接近于黄金比例。黄金比例是自然美最精妙的呈现，希腊人相信"黄金分割"是由神创造的。意大利数学家卢卡·帕乔利在所著的《神圣比例》中，称"黄金分割是上帝用来揭示自然界内在奥妙的比率"。

诸多久远的创世神话中，植物总是与世界的起源联系在一起。巴比伦创世神话中，众神之王马杜克在女神阿庐庐的协助下，用一把芦苇和泥土创造出了万物和人类；北欧神话中，众神拿槐树创造了第一个男人，拿赤杨创造出第一个女人，而宇宙间一株名为"易格德刺息尔"的巨大槐树，则支撑着整个世界。

美丽的植物常常被赋予宗教意志。基督教信仰中，红玫瑰象征着耶稣受难和殉教者的死亡；洁白无瑕的百合花和白玫瑰成为圣母玛利亚的象征，昭示着圣爱与超尘绝世的美，玛利亚被称为"天堂的玫瑰"。佛教中，出淤泥而不染的荷花象征着佛性的圣洁与不朽，"佛祖拈花，迦叶微笑"，佛教全部的理念蕴藏于荷花的开合之中。

最教人不可想象的是，植物向吞食它们的动物吐出氧气，并供其呼吸，从鱼类到鸟类，从昆虫到走兽，各种动物无不从植物中汲取生命的养料。人类一经出现，最大限度依赖的还是植物。植物为人类提供最基本的衣食来源，没有植物，人类就无法生存。人类生存最基本最重要的呼吸，也是借助于植物来完成的。

数千年农业文明，让植物与人类的命运紧紧相连。植物滋养了人类，构筑起文明的根基。数不清的诗人、画家、音乐家在植物中寻求精神的寄托，发现生命的意义。植物则在人类的诗歌、绘画、音乐中日复一日展现自身美丽的特质。传说在19世纪，寻找和发现新的植物一度成为欧美最流行的消遣方式，沉迷植物的人们携带旅行指南和标本箱，义无反顾地穿越广袤的森林、险象环生的沼泽、一望无际的沙漠、危机四伏的大草原。

事实上，自然灾难和人为因素，导致植物此消彼长。人类活动对自然的破坏，在导致植物灭亡方面，远甚自然灾害。扩张无度的城市环境，迫使植物以更快的速度发生演变。在钢筋混凝土构成的城市里，植物被支离破碎地栽培，远离了一望无际的田野，它们在孤岛一样的环境中独自生长。生存环境的分离，阻止了基因的流动，造成遗传隔阂，使植物更加快速地走向灭绝。

植物哺育了人类，人类却成了植物的灾难。当灾难没有引起人们足够的关注和重视，接下来衍生的是更大的灾难。人类爱自己胜过爱植物，当植物成为人类图画中永远的记忆时，人类也将成为时空长河中一个记忆的节点。

香 与 艳

电视中的香皂广告，常以中外艳星为广告模特，似有香、艳互动之意。这对受众来说，特别是对寻常女儿家而言，确有微妙的暗示作用。

香皂之香大多缘于植物花卉，在植物中，香、艳兼备的花卉是罕见的。尘世之花，一种艳而不香，一种香而不艳。香与艳皆是为了吸引虫媒，招蜂引蝶。我家阳台，就供了两种花，海棠，艳而不香；茉莉，香而不艳。

采兰山中，常能寻香而见。越香的花越素，比如栀子，素如雪月。这恰似人的气质才情，内敛的不张扬，张扬的难以内敛。

我所在的写字楼周边，有四季常青的绿地，有清清河水流过，河两岸的绿化带有众多桃柳，也有众多桂花。春日，柳绿桃红，煞是美艳。八月，桂花盛开的时候，阵阵沁人心脾的花香随习习秋风飘散开来，空气里弥漫着醉人的芳香。坐在河滨花园的条凳上，沐浴着芬芳。偶有花瓣儿轻轻洒落，伸出双手，让它落于掌心，便握住了一缕缕来自天外的芳香……这细碎的毫无艳色的花瓣，总是以如此醉人的幽香，让心灵得以净化，让灵魂受到洗礼。

蜂蝶之于花卉，喜好各有不同，有的喜闻，有的乐见。香是优雅的一类，可栀子常招苍蝇，因为香得太过浓烈。同为兰属的舞蝶兰虎头兰等，则姹紫嫣红，因此不香，是不必再香，有艳色就够了。梅菊艳而有香，但都是寒香，不免有些自怜。尤其是菊，不结果，徒自开花。也有不香也不艳的，譬如樱花。虽然它不香也不艳，但它花开繁复，花朵缀枝，总是忘情怒放。这样一种天成的情态自然可以招徕众多的花客。梨花洁白，属不香不艳的，但它孕育着果实，以甘甜示人。

香也罢艳也罢怒也罢，都在各行其道，各成其事。开花是欲望的延伸，并非为了享受，为了存亡。一如凡人，身在尘世，香也好，艳也好，不香不艳也好，既香且艳也好，都有自己的位置。花的位置，取决于赏花人；人的位置，取决于有情人。

就人而言，香艳的注解大抵都落在女性身上，所谓女为悦己者容。女人有了悦人之心，自然会打开靓丽。花开以春天居多，香艳皆是春心催发。女性之美，"春心"是其内核。怀春的女人，春心一荡漾，便目盈春水，面若花月，妙不可言。有香艳的心，才有香艳的情，才会营造香气四溢的人间美景。

打开植物的心

  一株植物，一朵花，足以承载人类心思。无论是情窦初开的羞涩，还是忐忑不安的期望；无论是成功的喜悦，还是失意的懊丧，都可以通过一株植物、一朵花呈现出来，隐隐约约盘踞在生命的某个截面，停泊在时光纵深处。

  有如雏菊。罗马神话中雏菊的前身是森林精灵维利吉斯。一天，维利吉斯和恋人在果园幽会，被守护果园的神灵发现了，于是，在神灵疯狂的、永无休止的追赶中，她不得不化身为雏菊，用层层花瓣将自己的心包裹起来。后来，雏菊的心被用来占卜恋情。身陷情爱的人，总是藉着一片片剥下来的花瓣，在心中默念，爱我，不爱我，直到最后一片花瓣剥落，才有勇气去面对那份藏在心中的爱。

  仙人掌堪称植物中的另类。在坚强的外壳下，有一颗无比柔软的心。据传，上帝造物之初，仙人掌娇嫩如水，晶莹如玉，稍一碰触，就会失去生命。上帝不忍心，就给他加了一层盔甲，以及伤人的硬刺，从此，仙人掌如水的心被严实地包裹起来。凡接近她的生物，必将碰得浑身伤痕，鲜血淋漓。可以说，仙人掌外在的坚强，只是为了呵护内心的柔软。

  人有心，植物也有心；人有思想，植物何尝没有。面对植物，我总有一种钟情的感觉，一种满满的欢喜。我喜欢站在花圃前，看一园园的花开，看一株株植物铆着劲地生长。如果是在家里，我的最爱，便是走到阳台上，看花盆中的植物，无忧地生长，无忧地绽放，无论是白茶花，还是红玫瑰，无论是粉色兰，还是紫海棠……更多的，我叫不上它们的名字，但我总在心中默默地记挂着它们活泼的生长态势。

一次，有人推着满满一车花草到小区来卖，有心的妻子便买来一盆仙人球，放在了卧室里。她当然知道，仙人掌也好，仙人球也罢，就算没有光照，也可以在黑暗中进行光合作用，生产氧气，很适合室内盆养。那天我走进卧室，见了仙人球，顺势就将妻子夸了一阵，说她善解人意，说她贤德能干。这一夸的结果是，她的脸刹那间便有了花的色泽，甚至在以后的好几天，都沉浸在神采奕奕的、莫可名状的幸福感中。

她有一闺蜜，也极爱花恋花，常拉着她去含笑的花丛中照相。一照就是大半天，年年岁岁，岁岁年年，乐此不疲。相伴植物，拥有的就是植物一样明艳的心境。我知道，当她们的姿影一次次在她们美好的感觉中定格的时候，世间的美好也一回回美美地住进了她们的心里。

植物有嗅觉、听觉以及不同类型的记忆，它们过着丰富而感性的生活。我想，生而为人，一旦像植物一样打开了自己的心，所拥有的，就一定是积极、明艳的心境，快乐、健康的生活。

与植物和谐相处

通常情况下，植物给人的感觉是美好的，不管是亲眼所见还是别人镜头里的画面。自古至今，植物，是文人墨客吟咏的对象，许多优美文字的出现，源于来自植物的灵感。亲近植物，让我们的生活拥有恬淡的心境、雅致的情趣。

再熟悉的山川原野，常人置身其中，能数得过来的植物也极为有限。穷其一生，所能知晓的植物，也只能是植物群体中极少的一部分。现实的、活生生的自然，当你走进去了，才知道跟故事里、历史描述中的自然，完全不一样。不同的植物具有不同的特性，其特性展示着它们的美丽，展示着它们独特的魅力。生而为人，关注植物，经常走近植物，不光可以陶冶个体性情，还可以培养钟爱生命、关爱自然的情怀。然而，植物，并不都是尽善尽美的，有相当一部分植物，外在看起来美轮美奂，内在却"头角峥嵘"，甚至有着"狰狞和恐怖"的一面。

非洲马达加斯加岛上有一种树，形状似巨大的菠萝蜜，高约三米，树干呈圆筒状，枝条修长如蛇，被当地人称为蛇树。这种树极敏感，一旦有人无意中碰到树枝，就会很快被它缠住，轻者掉皮，重者有生命危险。非洲野外有一种木菊花，色彩夺目，香气浓郁，不但博得人们喜欢，就是野生动物也常常立足欣赏。然而这种花具有强烈的催眠作用，人们只要用舌头舔一下花瓣，马上就会入睡，野生动物吃后，立即卧地而眠，即使是两吨多重的犀牛，只要吃了它，也会昏倒在地，呼呼大睡。

南美洲亚马孙河流域茂密的原始森林和广袤的沼泽地带里，生长着一种叫日轮花的植物。日轮花长得十分娇艳，其形状酷似齿轮。它的叶子一般有 1 米长左右，花就散在一片片的叶子上面。日轮花能发出诱人的兰花般芳香，很远就可闻到。人们要是不小心碰上了它或去摘它，那些细长的叶子便马上从周围像鸟爪一样地伸卷过来，紧紧地把人拉住，拖倒在潮湿的草地上，使人动弹不得。这时，躲在日轮花上的大蜘蛛便蜂拥而至爬到受害者的身上，细细地吮吸和咀嚼。当蜘蛛吃了人的躯体后，消化排出的粪便又成为日轮花的肥料。

印度尼西亚爪哇岛上还有一种树，名叫奠柏，算得上世界上最凶猛的树了。奠柏高八九米，长着长长的枝条，垂贴地面，有的像快断的电线，风吹而摇，如果有人不小心碰到它们，树上所有的枝条就会像魔爪似的向同一个方向伸过来，把人卷住，而且像蛇那样越缠越紧，使人脱不了身。而且，树枝很快就会分泌出一种黏性很强的胶汁，消化被捕获的"猎物"。人或动物粘上这种液体，就会慢慢被"消化"掉，成为它的美餐。当奠柏的枝条吸完了养料，就又展开飘动，再次布下天罗地网，准备捉下一个猎物。

秘鲁索千米拉斯山里生长着一种半米高、如脸盘大小的野花，每朵花均有 5 个花瓣，每个花瓣的边缘上生满了像针一样的尖刺，稍不留意碰它一下，它的花瓣会立即飞弹开来，轻伤者流血，重伤者会永久留下疤痕。

我国西双版纳森林里，有一种小树叫树人麻，此树虽小，但是报复性极强，人要是触碰到它，就会马上被它"咬"上一口，让人火烧火燎，难以忍受。即使是大象，一旦被它"咬伤"，也会疼得嗷嗷直叫。

古语云："生而有涯，知而无涯。"一个人，想要在有限的生命历程里，穷尽无限的世界奥妙，是绝不可能的。热爱自然、珍视自然挂在口头上容易，但要做到与植物和谐相处，就必须在有限的生命里，不断地汲取和吸纳，尽可能地去了解自然世界的特质，只有这样，才会在尽兴欣赏眼前美景的同时，防患于未然，变"隐患"为"显像"，变"狰狞"为"安宁"，就算面对再狰狞的植物，依然可以保有一份怡然自得的心境。

植物的生存智慧

都说"一花一世界，一叶一菩提。"这是从植物那里领悟到的生命道理。

很多时候，我们就是通过一株植物来领悟世界的。在土壤里生长的植物，缺少足够的伸展空间，但也可以在一方天地里自由自在地生长。它们不能像动物一样鸣叫，更不能奔跑飞翔，只能静静地、默默地生长，但它们是美丽的，神奇的。事实上，它们也有属于自己的，起伏跌宕的喜怒哀乐、生命渴望。

记得有一回，我从花卉市场买回几小株花树，是店主便宜处理的，买的时候，断枝上有几只花骨朵，我没期待它能成活甚至开出怎样的花来，只是觉得她们尚在襁褓里，被主人扔掉可惜。

带回家，培上土，浇上水，就那么放着，偶尔想起，便会加点水。几天过去了，它们完全变成了另一番模样，黄灿灿的花朵，尽情地绽放着，尤其是那折了枝的，开得最灿最艳。平淡的居室，有了它们的装点，一下子显得温馨灵动起来。植物的回报是如此鲜明，给一点关爱，就给你最灿烂的色泽。从这里，我看到了植物的智慧所在。

有一种最常见的植物，叫兰花。据说，植物之中，它的智慧无与伦比。它甚至能够迫使蜜蜂或蝴蝶在规定的形式和时间中，按照它所希望的方式传粉。兰科植物的菌根虽然发达，却几乎都扎在地表或浅层土壤中，无法像其他植物那样将根系深入地下寻找水源。为了生存，大多数兰科植物都在背阴的山坡上，然而，土壤中过多的水分又会使菌根腐烂坏死，兰科植物于是拥有了千奇百怪的"蓄水池"，石斛兰枝条状的茎、密花石豆兰纺锤形的假鳞茎和芋兰圆圆的块茎都是储水的好工具。正是有了特殊的根茎，兰科植物才足以在其他植物无法涉足的禁区开辟自己的王国。

绝大多数兰花是典型的虫媒花，也就是说需要动物将一朵花的花粉传递到另一朵花的柱头上才能结实。很多虫媒植物为了雇用传粉者制造了大量的花蜜和花粉，付出了很大的代价，花粉大部分都进了传粉者的肚皮。兰花煞费苦心另辟蹊径，花粉被打包成块状，不给传粉者取食的机会。花粉块同黏盘、花粉块柄一起组成了兰科植物的雄性生殖结构，这种结构会整个的黏在传粉者身上，通过它们传递到下一朵花的柱头，这样一来就避免了因被取食而产生的浪费。虽然不提供花粉，有些兰花还是会给传粉者提供花蜜或者蜡质等。事实上，兰花家族里有三分之一的成员在享受传粉服务时，不给传粉者任何好处。有些兰花将自己装扮得像有花蜜的花朵一样，比如国兰中的蕙兰。一般来说，花瓣上长有深色斑点就相当于告诉传粉者"此处有花蜜，请为我传粉"，这种斑点被称为"蜜导"。虽然蕙兰花中空空如也，唇瓣上却长满了深色斑点，打出了"此处供蜜"的招牌。可怜的蜜蜂不辨真假，钻进蕙兰花中找蜜吃，就只能乖乖地为蕙兰无偿传粉了。除了假蜜导，蕙兰还会发出能够长距离传播的香甜气味。如果一株蕙兰开花，整个山头都弥漫着它的香气。如此色香俱全，自然会有经不住诱惑的蜜蜂送上门来。

兰科植物将颜色和气味的骗术发展到了极致，这些形态各异，散发着不同香气的花朵对昆虫来说却是一个个美丽陷阱。即使这样，仍然有缺少传粉者的时候。好在，有些兰花早有准备，没有昆虫传粉照样可以开花结果繁育后代。大根槽舌兰可以给自己授粉，连接花粉块和黏盘的花粉块柄

客串了搬运工的角色。在大根槽舌兰花打开之后，它的花粉块柄会向内弯曲360°，并最终将顶端的花粉精确地送入柱头腔中完成受精。一般来说，精卵结合是产生种子的一个重要阶段，为了产生种子，绝大多数兰科植物都在想方设法将花粉送到柱头上，缘毛鸟足兰却无须接受花粉，其子房中的胚珠可以直接发育成种子。通过这些非常措施，大根槽舌兰和缘毛鸟足兰这样的兰花就算缺少传粉者，也可顺利繁殖。

兰花的每一朵花卉都取得了对自己有益的经验，当它们出现在地球上的时候，没有任何楷模可以效仿，它必须从自身获得这一切。它们在层出不穷展现生存形态的同时，在大千世界蔓延，占据和开拓着自己的地盘。

当然，生活中常见的君子兰、吊兰都不是真正的兰花。君子兰是石蒜科植物，而吊兰则是百合科吊兰属植物，它们和真正的兰花一点也不沾边。传统上的兰花俗称国兰，专指兰科兰属植物，特别是墨兰、春兰、建兰等，它们的共同特点就是颜色素雅，气味幽香。

是智慧，就有永恒的魅力，因为它总能穿越时间空间。一如兰花，所有可资称道的植物智慧，正是具备了如此这般可资咀嚼的魅力。

春天的花事

　　春的季节，是百花竞艳之时，而真正可以深入内心的，常常只有为数不多的几种。

　　杜鹃花开，润泽丰沛，鲜艳醒目，如云霓出岫，似彩霞绕林。五彩缤纷的杜鹃花，无论深红、淡红，无论玫瑰紫、菜心白，都以夺人心魄的妖娆，唤起人们对美好生活的热切向往。

　　杜鹃花的传说，足以叫人心动：古代蜀国，土地肥沃，物产丰盛，人们丰衣足食，无忧无虑。可是，无忧无虑的富足生活，致使惰性复苏，很多人醉心于嫖赌逍遥、纵情享乐，连什么时候播种都闹不清了。蜀国皇帝杜眷，是一个勤勉负责的君王，他看到人们乐而忘忧，不免心急如焚。为了不误农时，春播时节，他总是四处奔走，催促人们赶快播种，把握春光。

　　如此年复一年，人们养成了习惯，杜眷不来就不播种了。终于，杜眷积劳成疾，告别了他的子民。可他对百姓的爱没有停止，他的灵魂化作小鸟，每到春天，就四处飞翔，发出声声啼叫："快快布谷，快快布谷。"直叫得嘴角流血，鲜血漫山遍野滴落，化成一朵朵美丽的花。后人为了纪念杜眷对百姓的眷顾，将小鸟叫作杜鹃，将那些鲜血化成的花叫作杜鹃花。

　　充满灵性色彩的三色堇，原名堇菜花。据说很久以前，花色为纯白色，

轻柔如云。

春暖花开，天国花园里都会长出许多奇花异草，引来众天神到花园赏花。这天，美神维纳斯起了个大早，一番梳洗打扮，穿上绫罗绸缎，戴上光彩夺目的首饰，带上她的宝贝儿子爱神丘比特，兴冲冲来到了花园里。花园里，许多先到的天神正兴致勃勃地欣赏着什么，连美丽的维纳斯来了，也没顾得上打声招呼。被冷落的维纳斯心生不快，她拨开众神凑上前一看，原来众天神忙着观赏堇菜花呢。

维纳斯一向以为，天上人间最美的是身为美神的她。于是她问儿子丘比特："好儿子，你给我仔细瞧瞧，这些堇菜花和妈妈比，谁更美丽？"没料到丘比特想都没想便脱口而出："当然是堇菜花！"天神们听罢哈哈大笑，维纳斯呢，一整天闷闷不乐，不说一句话。

天神们陆续回家后，维纳斯走近堇菜花，为解心头之气，不由分说拿起皮鞭就打向了堇菜花："我叫你比我美！我叫你比我美！"因为挨了鞭打，堇菜花身上留下了深浅不同的斑痕。第二年春天，堇菜花又开了，从原来的单色变成了有好几种颜色的"三色堇"，看起来更加美丽动人。

据说，三色堇上的美丽图案，虽是缘于鞭击，却是美神所赐。所以，每一个见到三色堇的人，最终，还是会得到来自美神的祝福，拥有生命的灵性、人生的幸福。

还有如梦似幻的木兰花，这梦境中的花朵，美得无与伦比，美得灵魂出窍。然而，它的传说凄美得教人嘘唏。

很久以前，有两户山里人家，一户有个男孩，叫阿木，一户有个女儿，叫阿兰。两户人家男耕女织，狩猎捕鱼，过着和美的日子。一天，王府老爷进山巡猎，看中了阿兰的姿色，便差人抢进王府。阿木闻知，偷偷溜进王府，带着阿兰一起逃跑，不幸被王府中人发觉。王府中人穷追不舍，阿木和阿兰逃至望江崖。后有追兵，前无进路，万般无奈之下，阿木和阿兰双双投身江底。

阿木和阿兰的亲人将他们从江中打捞上来,合葬在望江崖丛林中。翌年春,望江崖密林间长出了奇异的木本花树,雌雄同株,花香沁人,十里不绝。当地人为纪念这对坚贞不渝的年轻人,称这棵花树为"木兰",将"木兰"开出的花叫"木兰花"。

春天,这个美丽的季节,这个打开心结的季节,总会发生一些什么,无论是心向远方的情愫,还是依依不舍的别离,都将演绎成没完没了的故事。当有情人的泪珠悄然滑落,谁敢断言,它无缘生根发芽、开枝散叶,无缘幻化出一簇簇饱含人间情爱、美丽芬芳的花朵?!

承载孤独的鸢尾花

　　传说中，有个叫鸢尾的姑娘，本是富人家的千金，美丽、聪明、能歌善舞。16 岁时，她爱上了一个来她家干活的年轻人，那是个非常帅气的小伙子，破旧的衣衫遮不住他俊朗的外貌。然而，鸢尾的父亲无论如何也不同意他们在一起。于是鸢尾要同小伙子私奔，但小伙子却担心鸢尾是千金小姐，只是一时冲动爱上他，要真正跟他一起生活会吃不了苦，所以无论鸢尾如何表白，小伙子还是拒绝了她。从此，鸢尾郁郁寡欢，失去了以往的活力，甚至不再唱歌跳舞。终于有一天，她在自己喜欢的一片不知名的白茫茫的花海里，了却了年轻的生命。这以后，这片花海演变出许多颜色，每到花开时节，像是有成千上万的蝴蝶在那儿起舞，远远望去，恰似鸢尾翩翩的舞姿。时间一长，人们就将这不知名的花叫鸢尾花了。

　　鸢尾花花色多样，有纯真的白，亮丽的黄，沉静的蓝，高贵的紫……因为色彩丰富，鸢尾花还有一个美丽的名字——爱丽丝。爱丽丝是希腊神话中的彩虹女神，是众神与凡间的使者，她的使命就是将善良的灵魂通过彩虹桥携回天国。在西方，鸢尾花是名副其实的"爱的使者"。无论东方西方，鸢尾花都充溢着爱的情感。正因为这样，在人们的感觉知觉里，鸢尾花的生命状态，灵性而迷人。

　　著名画家梵高就曾经止不住沉浸于鸢尾花灵性而迷人的状态中。他一生没卖出过一张画，为他提供物质支撑和精神鼓励的是他的弟弟提奥。对梵高来说，提奥是无穷无尽的爱的源泉。这种爱比什么都更加为他所需要。每天晚上，当梵高完成一天十四至十五小时的素描与绘制油画的工作后，就坐下来用铅笔或钢笔向提奥倾吐自己的心事。对这个世界上唯一珍视他的每一句话与每一份情感的人，梵高无所不谈：细微的思想，琐碎的事情，一些无关痛痒的艺术技巧。从中不难窥见梵高当时所处的困境及提奥对他哥哥的深情厚谊。梵高把自己整个成年期的理想、疑惑及其恐惧统统倾泻在这些书信中，既有对自己日常生活的琐细描述，也有对自己被造就被关爱过程的细微刻画，可以说，梵高的书信是一幅率真的文字"自画像"。1889 年 5 月，梵高在孤独和爱共存的状态下完成画作《鸢尾花》。百年之后，这幅灵性之作卖出了 5300 万美元的天价，也许，这正是孤独和爱带来的奇迹。

这样一幅《鸢尾花》，有着幽闭的构图，厚重的色彩，灵活饱满的笔触，细致敏感的视角。画面上，丰硕的蓝紫色花瓣，大面积的火焰状的绿色尖头长叶，星星点点的黄色花蕊，以及旁边繁茂生长着的万寿菊，连同花丛下橘红色的土壤，形态各异又浑然一体。那种永恒流动的漩涡质感，依然隐隐约约在画幅中彰显着梵高画作的独特个性。虽然拥有提奥的爱，但孤独、疾病和恐惧，无法彻底解开他的心结，这幅在幽闭状态下画出的《鸢尾花》，正是梵高以绘画方式对内心情感的真实表达。

应该说，在梵高笔下，每朵鸢尾花都有自己的姿态，但这些姿态都近乎挣扎。挣动的花朵，浓密的花叶，躁动于红尘之中……一片、一簇、一朵，附着魂，泣着血，忧郁、凄婉、哀伤。在梵高的情感世界里，鸢尾花般的挚爱不足以表达他对弟弟提奥的情感。他只能带着无奈和忧郁，将灵性涂附在画布上，涂附在一种永恒的、无法克制的倾诉里："痛苦便是人生，悲哀永远没有尽头。"盛开的鸢尾花，恰到好处地衬托出属于梵高的旷世孤独。在贫病交加的困境里，他只能将内心的困扰和不安，以无声的呐喊凸显在颤动的画面上，以无言的倾诉安置在浓厚的色彩中。

花影里的撼人情事

　　水泽仙女克丽泰在树林里遇见了正在狩猎的太阳神阿波罗，她为这位俊美的天神着迷，疯狂地爱上了他。可是，阿波罗正眼也不瞧她一下，便走了。克丽泰依然热切地盼望着有一天阿波罗能跟她说说话，却再也没有遇见他。于是，她只能每天注视着天空，看着阿波罗驾着金碧辉煌的日轮划过天空。她目不转睛地注视着阿波罗的行踪，直到他下山。每天每天，她就这样呆坐着，头发散乱，面容憔悴。一到日出，便望向太阳。后来，众神怜悯她，把她的脸儿变成花盘——向日葵，让她永远向着太阳，每日追随他，向他诉说她永远不变的恋情。阿波罗永远不知道，有个傻瓜曾给过他完完整整的爱。太阳神阿波罗不屑于克丽泰的爱，却爱上了月宫之神达芙妮。他跪在达芙妮的面前，向她倾诉衷情，阿波罗的手刚接触到达芙妮的身体，达芙妮便一寸一寸变为月桂树。阿波罗望着达芙妮变成的月桂树，无可奈何，只能采摘几片树叶，编成花冠戴在头上，自顾自怜。那夜，月桂飘香，风恋月光，颜色金黄。阿波罗的光芒，敌不过达芙妮的勇敢。原来，任何一种爱，都无法凌驾在自由之上。

　　传说中的黑暗地域，有一种洁白美丽的花——双生花，气味潮湿芬芳且充满迷惑。双生的花朵在同一枝梗上相亲相爱，却也相互争夺厮杀。它们以最深刻的伤害来表达最深刻的爱，直至死亡。它们乐意杀死对方，因为任何一方死亡之后，另一方也会在短暂的妖媚后悄然腐烂。双生花，一株双艳，竞相绽放。最后，一朵妖艳夺人，一朵枯败凋零。这是一种无奈，也是一种命运，或许，它和它都不想，只是，相生相克，正是那日日夜夜的缠绕间，不经意的一种结局。

关于虞美人，有一个耳熟能详的历史事件和一段美丽的传说：秦朝末年，楚汉相争，西楚霸王项羽兵败，被汉军围于垓下。项羽自知难以突出重围，便与宠妾虞姬夜饮。忽然听到楚歌四起，不禁慷慨悲歌：力拔山兮气盖世，时不利兮骓不逝。骓不逝兮可奈何？虞兮虞兮奈若何？虞姬也感到大势已去，含泪唱《和垓下歌》起舞："汉兵已略地，四方楚歌声，大王意气尽，贱妾何聊生！"歌罢，从项羽腰间拔出佩剑，向颈一横，顿时血流如注，香消玉殒。这是战国时期最为凄美悲壮的爱情故事——"霸王别姬"，传颂千百年来，一直令人唏嘘不已。后来，在虞姬的墓上长出了一种草，形状像鸡冠花，叶子对生，茎软叶长，无风自动，似美人翩翩起舞，娇媚可爱。民间传说这是虞姬精诚所化，于是就把这种草称为"虞美人草"，其花称作"虞美人"。虞美人花朵上鲜艳的红色，据说就是虞姬飞溅的鲜血染成。

铃兰之爱，是一份等待后可以降临的幸福。有一位美丽的姑娘，痴心等待远征的爱人，思念的泪水滴落在林间草地，变成芳香四溢的铃兰。如果无法从夜风中捕捉轻如星星叹息的铃兰幽香，又如何能循香而至来到铃兰绽放的山谷？如果不是倾心的守护，怎能刚好在铃兰绽放的时光走到它的身旁？铃兰的守候只为最有心的人，铃兰随风轻扣的乐音，只有最爱它的人才能听见。为了获得真爱，铃兰在寂寞的山谷等待属于自己的春天，等待可以让自己的身体尽情绽放的幸福。铃兰之爱，是永不停息的爱，谁的一生，若有铃兰相伴，谁就能得到完美的爱和彻骨的幸福。

桔梗之爱，是一种永不更改却无望的情感。从前，一位叫桔梗的少女，

没有父母，一个人住在家里。有个少年找到桔梗，说："桔梗啊，我长大了，要跟你结婚。""我长大了，也要跟你结婚。"两人就这样约好了。几年后，桔梗出落成漂亮的大姑娘，少年长成了英俊小伙，两人成了一对恋人。但是，小伙为了捕鱼，不得不乘船去很远的地方。"好伤心，没有你，我都不能活。"桔梗流着眼泪说。"桔梗啊！一定要等我，我一定会回来的。"少年向着大海出发了，越走越远，桔梗不停地流泪。可是，爱着桔梗的小伙，过了十年也没回来。桔梗总是跑去海边，一晃就过了几十年，桔梗已经成了老人。看着大海的桔梗，想起总是不回来的青年，流下了眼泪。"祈求上苍，让我心爱的他一定要回来。"这时，神灵现身了："桔梗啊，你不是到现在为止都忍过来了吗？""神灵，我想忘了他，但忘不了。""你这是何苦，趁早放弃那份思念。""神灵啊，只要我活着，我的心就不会改变的。"说着说着，桔梗慢慢闭上了眼睛，身体变成了花，朝着大海的方向。

石榴之爱，是一种智慧之爱，成熟之爱。北欧神话中美与爱之神芙蕾雅，嫁与夏日化身奥都尔为妻。她的内心，充斥着儿女情长的缠绵情爱，也伴随着英勇无畏的战士情怀。她曾引领勇敢的女武神瓦尔基里们，在硝烟弥漫的战场上，挑选人类世界的英灵，将其安置在瑟斯瑞尼尔宫殿。随着时光的流逝，奥都尔厌倦了和芙蕾雅在一起的生活，独自离开，再也没有回来。从此之后，芙蕾雅孤独地守在家中，伤心落泪；她的泪水滴在石上，石为之软；滴在泥中，深入地下化为金沙；滴在海里，则化为透明的琥珀。经过无数个日夜，仍不见奥都尔回来，芙蕾雅决定独自出门寻找。她走遍了世界各地，伤心的眼泪伴随着她寻找的每一个日日夜夜，汇聚成地下金矿。终于，在阳光照耀的南方，在美丽的石榴树下，芙蕾雅找到了奥都尔，那一刻，芙蕾雅的快乐飞上了石榴树的枝头，开成了朴素的花。

独自承受的姿态

夹竹桃属观赏植物，是植物中的另类。它能在粉尘、毒气弥漫的环境中健康地生长、开放，具有抗烟尘、吸毒气的奇妙功能，尤其对二氧化硫、臭氧、汞、二氧化氮、氟化氢、氯气等多种有害气体表现出一定的抗性，对于家居环境有净化作用，是很好的环保卫士。夹竹桃叶似柳，花似桃，花期很长。

夹竹桃的来由，缘于这样一个传说。一个古村落，生活着几十户人家。一天，有位老妪上山捡柴，无意中发现，草丛里躺着一个女婴，抱起来一看，女婴额头上有个竹叶印记，她便给女婴取名"夹竹"，高高兴兴地带回家抚养。老妪精心照顾着夹竹，夹竹在温暖和关爱下渐渐长大，和老妪相依为命，经常做一些力所能及的事。

一天，夹竹上山采蘑菇。在她神情专注地寻找蘑菇的时候，猛然看见一条毒蛇正悄悄地向一只熟睡的小白兔逼近。她连忙放下篮子，捡起一块石头，瞄准蛇的头部狠狠砸去。蛇死了，小白兔也被惊醒了，它感激地看了夹竹一眼，跑开了。

翌日，夹竹再次上山采蘑菇，又看见了那只白兔。突然，白兔摇身一变，变成了一个头戴花环的小女孩。小女孩走近夹竹，牵着她的手说："谢

谢你救了我，我是森林之王的女儿，我父王的仇人想对我下毒手，幸亏有你。父王说要答谢你，给你一样东西。"说完，对地面一指，地上便出现了一个洞口，一排石级直通地下。"你可以进去了。"小女孩眨着大眼睛说。夹竹摸索着走了下去。

"啊……"夹竹张大了嘴，在她走到底部时，她看见的是一个金碧辉煌的地下宫殿。宫殿宝座上坐着一位白胡子老人，慈祥中透着威严。他开口说话了："你救了我的女儿，我要送你一样东西。"他拿出一个水晶球："这个球可以预知变故，你拿着吧。"夹竹接过水晶球。"但是，你不能把这个秘密告诉任何人，否则，会在你身上发生可怕的事情。"白胡子老人说。夹竹点了点头，随之"忽"地一下，夹竹又回到了地面，洞口消失了。

夹竹带着水晶球回家，刚坐下拿出水晶球察看，便看到了村子即将遭受洪水袭击的画面。夹竹倒吸了一口冷气，连忙帮老妪收拾好重要物件，并跑到村长那儿通报。村长说："洪水？哪来的洪水。你这孩子怎么学会骗人了？"

情急之下，夹竹说："是我……"她想到了森林之王的告诫，迟疑了一下。但如果不将自己是如何得知消息的情况说出来，后果不堪设想。她不得不取出水晶球，将事情的来龙去脉都说了出来。刚说完，一条躲在森林里的毒蛇窜了出来，向她伸出了毒信。就这样，她一头栽倒在地，气绝而亡。

"天啊，我做了什么？"村长一边流泪呼喊着，一边召集所有村民离开村子。路上，他一直背着夹竹，安慰老妪。夹竹虽然没有了呼吸，但身上却散发出阵阵清香，村民们感到神清气爽，有了力气，很快撤到了高地上。那一片村庄呢，随着洪水的到来转眼之间消失殆尽。

因思念成疾，几天后老妪也离开了尘世。村长含泪将老妪和夹竹葬在一起。他拿起水晶球："是我害了夹竹，夹竹是为我们而死的。就让她的物件随她去吧。"说着将水晶球放入了墓中。不久，在埋葬夹竹、水晶球和老妪的地方，长出了一片树林，树上开满了鲜艳的花，花的样子有些像桃花，人们便将这种树唤作"夹竹桃"。

从此，尘世之间有了夹竹桃这样一种含毒的、只能远远观赏的植物。就像那个叫"夹竹"的女孩一样，时时刻刻以独自承受的姿态告诫人们：这儿危险，请勿靠近。

灵性的眼睛

海南，椰子林的集结之地；在蓝天、碧波、阳光、沙滩的氛围中，椰子林让海南益发美丽、俏皮、灵性而富有生机。走进海南，无论是在奔驰的汽车上，还是漫步在城市街头；无论是山峦簇拥的地域，还是海水追逐的沙滩，见得最多的要数椰子林。神游在椰子林和其他热带植物装点的自然风光里，一旦被干渴侵袭，喝得最多的自然是椰子汁了。清凉的椰子汁作为自然天成的绿色饮品，一旦被酣畅淋漓地饮入肚腹之中，那份让人神清气爽、通体舒适的感觉便无以言表了。

椰子是粗放的果实，其外形笨拙、木讷，看起来就知道是上帝造物时太不经心、太过随意而导致的，可以说，椰子的外在，无一处可以赞美、可以给人以视觉的享受；乍摸起来，椰子给人的感受是沉闷、笃实、粗陋，没有一丝半毫其他果实所具有的光滑、细腻、润泽可言。但是，椰子一旦被加工成各种工艺品和食品，便有了无法度量的张力和诱惑力。人们在感受和享受上帝赐予的同时，不能不发乎于情，情动于衷，继而津津乐道。

一路上，听海南当地的导游有板有眼地说及椰子时，总是以一种坚守信念般不置可否的语气说，如果椰子从高高的椰树上掉下来砸着了人，那么椰子所砸之人就一定是坏人，因为椰子是长有眼睛的，专砸坏人不砸好人。

椰子真的长有眼睛吗？带着这一疑问，我在摊档上拣了一个椰子，剥开椰子外边的椰棕，还真的发现在椰壳之上有三个挨在一起的浅黑色印记。导游说，居上的两个黑色印记就是椰子的眼睛。说到椰子的眼睛，不能不提及有关椰子的一个传说。据《本草纲目》记载：椰子在汉代以前叫"越王头"（越人是古代黎族的先民）。有一回，黎王打了胜仗，在寨子里庆祝胜利，一时疏于戒备，晚宴时被奸细所害。奸细将其头颅悬挂在旗杆上通知同伙前来攻寨。敌人攻寨时万箭齐发射向城墙上的守军，箭却纷纷落在旗杆上。旗杆渐渐长粗、长高，变成椰树，箭也变成了椰叶，黎王的头颅变成了钢牙紧咬、怒目而视的椰子。敌人见到此情此景，吓得胆肝俱裂，自然是不战而退了。我想，我所看到的三个浅黑色印记一定就是传说中黎王的双眼和嘴巴了。

记得有人说过，世间万事万物可以用两个字来概括，那就是"事情"。没有渗入情感的事，缺少精气神不算事；没有事介入的情，寡淡苍白不叫情。椰子从高高的椰子树上掉落难得一见，更为难得一见的是所砸之人就一定是坏人。传说终归是传说，传说中那双灵性的眼睛所寄托的，却是生而为人所拥有的美好愿望。所以，无论如何，我还是情愿相信，椰子不管长没长眼睛，都有它与生俱来的情感和灵性，我更加愿意它的情感它的灵性，见证着尘世之间所有的美好、和谐、幸福、安宁。

听　香

　　在路上行走，远远地听人说，真香！循着声音望去，我看见前面坡地上，开着一簇簇白色的栀子花。刹那的感觉中，就有一阵香醇直入我的耳郭，这"听"来的清香，陡然让我涨了几分精神。

　　花开时节，少不了赏花闻香。而这种听香的感觉，是蓦然之间心窍洞开才可以领悟到的。

　　香，原来也是可以聆听的啊！坐在电脑前，打开播放器，听一些有关花的曲目，身心似乎就沐浴、沉浸在花香之中了。"红花黄花无言地飘零，水中白荷，圣洁的莲心。碧波荡漾，你绸缎一样的瞳孔，瞬间穿透我的胸扉。晓风明月无声地洒落，空谷幽兰吐露芳菲的滋润，曲径开朗，你闪耀着秋水般的双眸，刹那盈满我的滋味。感恩生命，我听见一缕香魂，向你诉说思念的泪痕……"高云霞的《听香》，简洁活泼，宁静绚烂，让人一下子就融入了花香花韵花事之中，流连沉醉，难以释怀。

　　闻与听，区别在于闻是一种外在的情态，听是一种内在的状态。

　　闻的时候，要探上身子，轻揽花枝，深深呼吸一阵，将香气吸入肺腑之中，蓦然间，惬意之感开始在心空弥散。这样的时候，人是被目标指向的，香是被动的。初闻如夏花灿烂，再闻如秋叶恬淡。生命短暂无常，香气变幻莫测，没有人知道它下一刻会变成什么样。把握了此一刻，赢得了此一刻，就足以明了花香的意义所在。

听则不然，不论醒着还是睡着，所有的清芬都源于内心的选择，都需拥有特定的警醒和专注。听香的时候，情感处于倾听状态，无须你着意去捕捉香气，香气就自然而然在你心头萦绕。这种虚拟状态下的芬芳，一丝一缕，你都无法控制。它是一种灵性，说来就来了，说散就散了。

事实上，听香，古已有之。民间的"听香行占"就是其一：想得到佳偶的少女，以烧香祭拜的方式，诉说心事，祈求神明的指引；有了听香的方向，就依引而行，将途中无意听到的第一句话，看见的第一朵花，铭记于心，然后回家掷爻，以此来占卜终身大事。在我看来，这种听香方式，实则是怀春少女追求心灵自由、情爱自由的一种婉曲的表达，借"听香"之名，求情爱之实。

听香，是一种虚拟的接纳状态，就像因特网传播虚拟信息一样遥远而真实。惯于听香的人，没有贪婪，要求简单，甚至不追寻香气之源，只是在无我忘我的境界中，保持心中的香醇，内在的清明。

其实，闻香也好，听香也罢，都是去芜存菁，返璞归真的过程。当走过了人生美丽的时光，一切会烟消云散，一切又会回复到"看山还是山"的情景。

像花一样明媚和忧伤

一朵花的孤苦，无法言说，就像我们所处的世界。一个人和另一个人之间，就算有冥冥之中的默契，无缘续接时，也只能是奢望。

快乐可以分享，忧伤却不宜扩散。内心的忧伤，只宜说与那个愿意倾听的人。忧伤的形态，大抵是浅浅的，淡淡的，就像一朵浅蓝色的花，有着静静的明媚和孤独的美丽。然而，就算是这样的美丽，美得令人心疼，又有谁会在意？

花有花的脆弱和敏感，花有花的温暖和默许。花，没有天长地久的言辞，却有相濡以沫的恬静。一如尘世的爱情，以有限的生命守候可以滋润一生的感情。人间四月天，盛开着也飘零着花的明媚和忧伤，那落英点点的忧伤，足以照拂一个人的情感世界。那些快乐过忧伤过的日子，那种回不去了的人生况味，见证着生命的活泛美好。

沿着草木小径、嗅着花的芬芳走来的花一样的生命，也许，会迷失在乱红里；也许，会沉醉在虹影里。年轻时，不肯为一朵花驻足，总是试图做一回自己；等到年老时，才知道不曾珍视的明媚已悄然离去。人生一世，见证一地花殇的忧伤，是一定要走到最后的。

春面不觉花相似，落花流水随春去。一颗心对另一颗心的滋润，可以一时一地，但更重要的，是一生一世。真正的花香，无论晚来风起，云卷云舒，都自在逍遥；心中的天堂，就算寒来暑往，苦雨凄风，也无法动摇。

如花的生命，总有飘零的时候。曾几何时，身边的人，身边的事，身边的简单和纯情，都在不知不觉的状态下渐去渐远。可以忆起的，是那些最简单的快乐。花朵一样让我们感动，让我们在心底对生命充满了敬畏和感激。

一腔爱的向往，就像一朵花的绽放，一抹香的流淌。这种绽放和流淌常常制造无法愈合的伤口，在来和去的日子里成为醒目的装饰。生命中，总有一些影响生活的人与事，但终究会被时间毫不留情地带走，一如花开花谢，无论你想，还是不想。

身在尘世，有一半明媚，就有一半忧伤。有一首歌唱得好："我们都是一朵花，有自己的芳香，拥有一样的阳光，和一样的夜晚。我们都是一朵花，有自己的形状，都一样需要温暖，那温暖就在彼此身上。"世间最苦人最苦，人生的痛苦大抵都源于自身，因为人类有太多的困惑和思考。没有人给我们不幸，没有人主宰我们的命运，怕只怕自己将自己置身于生活的悬崖。

代
后
记

像大河一样流淌

坐在夕阳西下的河边，看着眼前透彻明朗、一刻不停地流淌的河水，心里总有一种说不出的惆怅，淡淡的回忆伴随着淡淡的忧伤。此情此景，同朋友闲聊，不免会触及生活的诸多困顿和烦扰，朋友总是笑笑，语调平静地说："其实没什么，'顺其自然'就行了。"

有一次，他凝视着眼前的河水，像沉入了往事，但俄顷眉头一展说："人生好比一条河，这条河在雪山的冰川上诞生，它不知自己要去哪里，不知道会发生一些什么，但它会毫不犹豫、不假思索地一直往前流淌，不问去向，也不怕前面有多少崇山峻岭。当前面有高山拦阻时，它会停下来休息，使自己形成一片湖泊，成为一片汪洋，抬升自己的水平，蓄积自己的势力能量，最后总能找到一个缺口，再次向前奔流；当遇到断崖时，它从不担心自己会粉身碎骨，而是纵身一跃，成为一道风景。'顺其自然'是什么？

就是以水的姿态，像大河一样流淌。"

"像大河一样流淌。"不久前我恰好听过一个故事，这句话也正是那个故事的切入点。

有个年轻战士，长着一张标致的娃娃脸，白净、细嫩、红润，长得像个女娃子。但他心性灵动，身手敏捷，一匹烈马在众目睽睽之下很快被他驯服了。这一幕恰好被纵队司令员看到，即刻下达了让他到纵队队部报到的命令。

然而，就在这时，发生了走火事件，旁边一位战士，低头摆弄一支刚缴获的美式卡宾枪，稀里糊涂击发了一粒子弹，正中他的右小臂。就这样，他在纵队战地医院留了下来。虽然经过精心治疗，但他的右小臂尺骨粉碎性骨折，再也无法恢复原来的样子了，失去了再上前线的可能。

照看他的护士有一次无意中看到了他一身洋学生打扮的照片，才知道他毕业于一所师范学校。这以后，她对他暗生情愫。有一次，她和他闲聊，他对她描摹了他参军的情形：当时，一支部队从他所在的小城经过，他被一股从未嗅到过的来自战场的气息所震撼——硝烟、钢铁、血腥、死亡和劫后余生，以及被强力摧折的花朵草木，被撕碎的空气和云彩……这种铺天盖地汹涌而来的气味一下子震慑了他的心。他着了魔般，什么都没想，给父亲留下一封短信，便尾随在队伍后面走了。在形容那种着魔般的感觉时，他的眼神柔和明净，表情迷醉灿烂。他说："像大河一样流淌！"

在野战医院转到离战地不远的一个小镇上后，不久的一天晚上，他奔孟良崮方向溜走了。

护士再次与他相遇，是在新婚后的第三天。那一天，她在河边看到一个熟悉的身影，坐在一块孤石上，望着刚开冻的河床出神。她走到他的正面时，看到他手中握着一根拐棍。"你、你又怎么啦？"她怔怔地望着他。他却像没事似的，平静地笑了笑，抬手指了指左腿，说："膝盖骨这儿中了一枪，碎了。"交谈得知，他果然在那天晚上去了孟良崮，也是在那儿

被人抬了下来。

这次道别后，她再也没有见过他。解放后的一天，她匆匆经过病区小花园，突然听到有人叫她。她感到耳熟，迟迟疑疑停住了脚步。她看见不远处的一棵松树下，坐着一位年轻的伤病员，但她不认识他。她问过之后，才知道是失联了多年的他。眼下的他，脸上有好几处疤痕，惨不忍睹，而且他的双目好像也失明了，可他仍然能准确地认出她，这令她颇为惊奇。面前这个面目全非的人，教她无法相信这是真的，她强忍着没有落下泪来。在他的生命里，战场的魅力实在太大，他没有办法抵御，在他的潜意识中，他只有进到里面去他才有完整的人生。好像那里等待他的，不是流血和死亡，而是一种无以言说的人生境界……

"像大河一样流淌。"那个曾经面容清秀，目光纯净的军人，以自己穿越战争烟云的生命，践行了这样一句话。

是啊，生命就像一条河，路上虽然有无法预知的变数，但终归会以或沉着，或欢快，或缓慢，或激荡的方式无怨无悔地流淌，就算暂时处于静止状态，也是在蓄积生命力，提升生命取得突破的能量，谱写下一程的生命篇章。这样一种流淌，是一种诠释，一种境界，它昭示着永不懈怠、有始有终、顽强坚韧的生命力量。